Vermelho Vivo

Dr. LUÍS EDUARDO LIMA

Quarta Edição – 2022

First published by Clube dos autores on 6/20/2009. rev. 4.

ISBN: 9798846587137

DEDICATÓRIA

Para as pessoas mais importantes em minha vida. Minha amada esposa Elaine, minhas filhas Isadora, Nathália, Carolina e Lara. Por meus pais Diácono Lima e Dona Ana em memória.
Com amor.

AGRADECIMENTOS

Em memória, para meu pai, José Arantes Lima, que com paciência e dedicação revisou meus muitos erros. Agradeço também a Daniele por sua consultoria sobre análises biológicas.

Às pessoas que permitiram o uso de fotos para o livro:

- NASA com sua política de uso de imagens (veja http://www.nasaimages.org/Terms.html)
- Jorge Wilian Missono, astrônomo amador. Pela foto de Marte;
- Oliver Buss, físico pesquisador. Por sua foto do Instituto Niels Bohr.

1 PRÓLOGO – O MOMENTO CHAVE

Figura 1: Representação artística da re-entrada da cápsula Apollo 7. (1968)
Crédito: Nasa/Johnson Space Center (JSC)

Imaginei que neste momento estaria emocionado. Porém o que eu sinto agora é completo pavor.

Vejo, lá fora, o Sol nascendo rápido na borda de Marte, iluminando a escuridão. Terminamos os últimos preparativos para o pouso. Nossa sonda está pronta.

Meus companheiros têm o olhar apreensivo e concentrado de quem entrará para história. Entraremos de qualquer maneira, mesmo que tudo dê errado e expludamos em alguns minutos.

A contagem regressiva está em menos vinte minutos. Em zero, John ativará o retrofoguete que nos tirará de órbita.

Nos separamos da nave principal há doze horas. Deixamos Claire lá, sozinha acompanhando nosso pouso.

Aqui minha posição é privilegiada. Agora sou apenas um passageiro responsável pelas fotos. Um fotógrafo de luxo. Aciono a câmera.

-Todos os sistemas checados... aguardando a janela de entrada. T menos 15 minutos.

Começo a suar frio. Estou realmente com medo.

Por que o medo? Evidente que estudei como foram os outros pousos em Marte. Desde as primeiras sondas Vikings enviadas para lá, o sucesso de pouso é preocupante. Pouco menos de cinquenta por cento dos pousos foram bem-sucedidos. A estatística está contra nós.

Eu não deveria ter pensado sobre aqueles pousos. Só me fez lembrar erros de conversão de polegadas em centímetros. Isso já derrubou uma nave Inglesa. Eu acho.

Sinto um leve tremor que indica a preparação do sistema de ignição. T menos 10 minutos.

Minhas mãos agarram-se ao assento. Meu coração dispara. Sinto a adrenalina percorrendo minhas veias.

O que estou fazendo aqui? - grito em meu cérebro.

Observo com atenção o comandante Palmer que continua fazendo leituras nas várias telas de computador a sua frente. Posso vê-lo de costas a pouca distância. Não vejo seu semblante, porém imagino. Um sorriso maroto no canto dos lábios. Tranquilidade.

-Vamos lá belezinha, falta pouco agora... Vai dar tudo certo pessoal, em 10 minutos estaremos no ninho da Phoenix. John faça tudo direito agora.

O capacete não me permite ver seus cabelos grisalhos. Mas seu tom de voz paternal é reconfortante. Sua confiança é total. Alguém chega a respirar aliviado. Um solavanco. Meus dedos se agarram ainda mais, chegam a doer.

-Fase final de preparação. Tudo certo. Houston, Phoenix, informando procedimento de pouso em quatro minutos.

Palmer diz isso sem esperar resposta. Afinal quando a mensagem chegar à Terra, já teremos pousado, ou então, morrido.

Anna olha rápido para trás e nossos olhos se cruzam. Ensaio um sorriso amarelo, mas ela se vira antes que possa ver. Pude ver um rosto duro, sério, preocupado.

John toma a palavra:

-Comandante, aguardando sua ordem.

O piloto Dr. John Albert acionará os motores e deixará o computador realizar sua tarefa. Gosto do seu jeito seco e sério. Tipo confiável eu diria.

Eu sempre imaginei que um piloto deveria realizar a atividade final de pouso. Como no projeto Apollo, onde Armstrong comandou a nave manualmente até o pouso na Lua. Aliás, quase abortaram a missão. O computador deixou a nave em uma região cheia de grandes pedras. E Armstrong teve que usar mais combustível que o planejado para chegar a um lugar seguro.

-Um minuto e contando. John, é com você agora. Todos preparados para fazer história?

-Palmer, para com esta coisa de "história"! Estamos aqui para fazer nosso trabalho. Quer botar mais pressão ainda?

-Não seja desmancha prazeres, John. Não é porque você vai ser o quarto homem a pisar em outro planeta... Quer dizer o terceiro homem, já que a Anna é uma mulher... -Palmer não podia deixar de fazer piada mesmo nestas horas. Eu chego a esboçar um sorriso.

John faz um sinal e todos silenciam. Um aperto de botão e um grande solavanco faz tudo começa a tremer.

-Motores ligados... começando a descida.

Os tremores aumentam e parece que tudo vai desmontar. Já faz meses que sentimos algo assim. Durante o contorno da Lua. Foi um susto e tanto aquilo. Todos devem estar acompanhando nosso pouso agora.

Imagens estão sendo transmitidas para a Terra, embora somente nossa amiga da nave Marte 13 possa acompanhar em tempo real.

Uma luz diferente começa a aparecer na janela. Luz de laranja para vermelho. O atrito da atmosfera começa a fazer efeito. Sinto um zunido no ouvido. Estamos descendo rápido, muito rápido.

Todas as luzes internas apagam-se. Assusto-me e quase deixo a câmera cair.

-Isso estava esperado? - digo agitado – não me recordo disso no treinamento. John?

-Dá um tempo Carl, eu apaguei para podermos ver melhor as luzes pela janela. Já fotografou?

-Estou fazendo conforme o protocolo. Não temos tantos cartões de memória assim.

-Devia tirar uma de sua cara agora... relaxa, até parece que não fizemos isso antes.

Um grande solavanco faz todos silenciarem novamente.

-Vocês fizeram. Quer dizer, vocês fizeram na Lua, o que é diferente.

Lembre-se que eu não participei disso.

-Fica tranquilo, está tudo conforme o plano – John tenta me acalmar.

Tenho que continuar falando. Isso está aliviando minha tensão. Ainda bem que estou com estas luvas, afinal roer unhas seria constrangedor.

John Albert é um dos pilotos mais experientes da Nasa. Já realizou um pouso na Lua. Embora atualmente os computadores façam quase todo o trabalho, ele foi realmente decisivo naquela única vez, no pouso da Ares. O computador falhou na fase final e ele fez o pouso no manual.

O silêncio dura alguns minutos. Tenho que relaxar. Alguns minutos.

Vejo uma mudança na luz colorida que passa pela janela. Um tom rosa toma conta. Como uma luz de Sol cor-de-rosa. Estamos quase lá. Olho para o outro lado e vejo a superfície vermelha de Marte ocupando toda a janela.

-Aproximação final. Won, como estão os instrumentos?

-Tudo certo, Palmer.

Meu amigo Won. Será que está tão nervoso como eu? Pelo menos mais ocupado está. Engenheiro de instrumentos deve estar com mil medidas para verificar.

-John. Confirme posição.

-Estamos no ponto certo. Computador trabalhou direito. Sessenta quilômetros de altitude e descendo. Três minutos para o pouso.

Coordenadas exatamente sobre a meta. Erro zero de acordo com a triangulação dos satélites.

-O rádio voltou. Marte 13, Phoenix falando. Pode me ouvir?

-Marte 13 responde, ouço alto e claro Won. Aqui é Claire. Estou rastreando a trajetória e vocês estão perfeitos.

-Claire, está quase na hora dos paraquedas. Você preparou a câmera para repetir a foto da primeira Phoenix?

-Acha que deixaria isso passar, Won? Além da câmera aqui na nave, temos ainda a Sonda Orbital. Mas eu preferia que a foto nos jornais fosse a minha. Pena que não vai ter como fazer a composição com aquela grande cratera da foto. .

Antes que ela termine o paraquedas é aberto. Um novo e mais forte solavanco não deixa dúvidas. O motor já está desligado.

Anna vira-se novamente. Agora com o rosto mais leve. Os olhos brilhantes sob o vidro do capacete. Começa a esboçar um sorriso. Não diz nada, apenas me olha com firmeza e graça.

Falta tão pouco agora. E tudo volta à minha memória. Nossa preparação, as dúvidas, as dificuldades. Difícil não usar um lugar-comum, afinal tudo passa como um filme em minha cabeça.

Tudo começou há dez anos. Há dez anos e eu estava lá, sentado em meu laboratório, preparando lâminas e fazendo anotações. O microscópio ali, confirmando meu sucesso. Tudo começou com o telefone tocando.

2 INSTITUTO NIELS BOHR.

Figura 2: Instituto Neils Bohr, Dinamarca. (2005) Foto Crédito: Dr.Oliver Buss

O telefone tocou...

-Alô, Schumann? Aqui é o Tony, dê uma passada em meu escritório em meia hora, tenho um assunto urgente com você.

Respondi que estaria lá, afinal para a direção só poderia dar esta resposta.

Dr. Anthony Johnson era o diretor do Instituto de Biologia da Universidade da Califórnia. Meu chefe. Personalidade difícil, e muito incompatível com a minha. Uma chamada desta já me deixava irritado.

Teria que enfrentar o chefe de novo. A última vez que nos vimos ele me prometeu um corte de verbas que iria inviabilizar o meu trabalho. Mas desta vez seu tom de voz era outro.

Meus olhos dilatados pela luz do microscópio demoraram a acostumar-se com a penumbra de minha sala. A meia luz de um fim de tarde chuvoso e escuro, deprimente para os mais sensíveis.

Ainda pude arrumar um pouco a bagunça antes de sair para a reunião.

Cheguei à sala no momento combinado. Sala iluminada por muitas luzes e amplas janelas com vista para o campus.

-Sente-se Dr. Schumann, por favor. – sua voz firme e conhecida tomou conta da sala, talvez tentando me intimidar.

-Em que posso ser útil, Tony? - apesar de sua personalidade, não admitia que o chamassem de outra coisa, a não ser seu primeiro nome.

Talvez pela origem italiana, não sei.

-Conhece o Dr. Peter Martin? Ele deseja marcar uma reunião com você, o mais rápido possível. Ele tem acompanhado os resultados de suas pesquisas e gostaria de propor um projeto em conjunto.

-Peter Martin? - nunca tinha ouvido falar.

-Desculpe, Peter Martin, Universidade do Arizona, é pesquisador associado a NASA. Ele precisa de sua ajuda neste projeto Constellation para uma viagem tripulada para Marte. - As palavras pareceram totalmente equivocadas, o que eu teria com Marte?

-Mas eu não trabalho com Astronáutica, deve haver algum engano, eu sou um biólogo. Não entendo onde poderia ajudar.

-Tudo bem, Dr. Schumann, ele está ciente de sua capacidade. Como disse, ele tem acompanhado seus trabalhos. E tem uma quantidade de verba bastante elevada para que você possa prosseguir seus trabalhos com ele. Sabe que estamos com problemas de investimento aqui. Ele pediu que eu o liberasse.

-Liberasse? Está dizendo que vocês estão me transferindo?

-Exatamente, será mais útil lá, tenha certeza. O salário e os desafios serão muito maiores. Além do que, sei que você não tem nenhum vínculo familiar aqui, não é? Eles já enviaram um mensageiro com passagens aéreas para você. Aqui estão.

-Mas esta passagem não é para o Arizona. - Digo, olhando incrédulo para a passagem aérea já em minhas mãos.

-Não mesmo, seu destino é Copenhague, Dinamarca. Boa sorte Carl. - Estendeu-me a mão em um aperto forte, e me chamou pelo primeiro nome, pela única vez.

-Eu não tenho escolha, tenho? -digo ainda apertando sua mão.

Ele nem se dá ao trabalho de responder. Seu olhar é o suficiente.

Sai dali diretamente para minha sala. Nunca tinha lido nada sobre o Dr.

Martin, e comecei uma rápida pesquisa na internet para ver o que encontrava. Bem fácil, uma foto e seu currículo quase completo.

Peter H. Martin, físico e mestre em ótica, já trabalhou com exploração espacial deste o projeto Pionner Vênus. Fez estudos com o telescópio Hubble em 94, e trabalhou no desenvolvimento da câmera da nave Huygens que obteve as primeiras imagens da superfície de Titã.

Gerenciou a construção da câmera HiRISE do MRO, sonda com imagens de alta resolução de Marte. Foi o líder do projeto da primeira sonda Phoenix, que pousou em Marte em 2008. Esta sonda confirmou a presença de água congelada na superfície de Marte.

Na época destes acontecimentos ele estava trabalhando com o projeto de viagem à Marte em cooperação com a NASA, universidades do Canadá, Dinamarca, Alemanha e Suíça. Pela idade sua aposentadoria devia estar bem próxima.

O sono finalmente começou a tirar minha concentração. Até tinha esquecido que as amostras da lâmina no microscópio indicavam sucesso na experiência. Pela décima vez. Bactérias são mesmos fascinantes. Revivê-las depois de dias é algo que eu adoro fazer.

Mesmo com sono, o cérebro continuava funcionando: O que a NASA queria com minhas experiências? Bactérias e nave para Marte, qual a relação? Será que ainda estavam procurando vida lá? Mas todas as sondas anteriores tinham descartado a hipótese.

Na verdade, desde a descoberta de vida bacteriana em Encélado, Marte tinha deixado de ser o principal atrativo da exploração espacial. A lua de Saturno apresentava grande quantidade de bactérias que se desenvolveram na água líquida de lagos a alguns metros abaixo da superfície. Os lagos eram formados pelo aquecimento gerado pelas atividades de gêiseres.

Pelo menos mais uma sonda tinha voltado a Encélado e confirmado a maior descoberta da NASA em todos os tempos. Na verdade, a confirmação veio de uma sonda projetada pela ESA, agência europeia, que havia lançando muitas dúvidas sobre o grande achado. Apesar da desconfiança a sonda confirmou tudo.

Eu pensei em continuar pesquisando, mas o sono realmente estava me vencendo.

Ajeitei-me no sofá no canto do laboratório e dormi. Teria muito que pensar nos próximos dias.

No fim de semana seguinte preparei-me para a viagem que foi realizada na segunda-feira. Seria minha primeira vez no Velho Mundo. A recomendação era deixar tudo preparado para uma mudança definitiva para os próximos dias.

No fim do dia desembarquei em Paris onde fiz uma refeição e me hospedei. Teria o dia seguinte livre para conhecer a cidade-luz. Na terça-feira à meia-noite peguei um novo avião para Copenhague. Chegando lá, Dr. Peter Martin estava me esperando já no aeroporto com seus cabelos e bigodes grisalhos e um sorriso largo que sempre leva. Recebeu-me com um forte aperto de mão e uma conversa rápida sobre minha hospedagem.

Despedimos nos e eu fui para o hotel. A primeira reunião de trabalho ficou para o dia seguinte. Foi mais uma noite sem conseguir dormir direito.

O fuso horário estava me deixando exausto.

Encontramos nos no Instituto Niels Bohr na Universidade da Dinamarca. Entramos eu e o meu guia em uma pequena saleta. Nela estavam o Dr. Peter e mais dois senhores que levantaram-se assim que chegamos.

-Quer ser o principal responsável por confirmar a existência de vida em Marte, Dr. Schumann? - Peter foi direto ao assunto.

Olhei seus olhos brilhantes e empolgados e entendi imediatamente o que eu estava fazendo ali.

3 PROJETANDO NA DINAMARCA

Figura 3: Pesquisador Trabalhando no laboratório Light Alloy (1996) . Foto Crédito: NASA Langley Research Center (NASA-LaRC)

Eu olhava para o Dr. Peter e seus olhos cheios de rugas sob os óculos e esperava mais detalhes daquela proposta. Achar vida em Marte, quem diria?

-Dr. Schumann, - Peter prosseguiu – sei que já está comprovada vida em outros planetas. A vida em Encélado é, sem dúvida, a maior descoberta da NASA desde que foi criada. No entanto, esta lua de Saturno está longe demais para uma viagem humana com segurança. Portanto, pelo menos por enquanto, estes vizinhos não têm outras influências práticas em nossa vida aqui na Terra, a não ser alguns questionamentos filosóficos. Mas estou divagando. -o doutor fez uma pausa, para tentar reorganizar os pensamentos.

-Retornemos. As últimas sondas para Marte não indicaram nenhuma presença de vida no planeta. Vasculhamos todas as regiões mais prováveis.

As sondas confirmaram que várias regiões já foram cobertas por água salgada. Algumas durante milhares de anos.

-A sonda Phoenix, - continuou – que esteve no norte de Marte em 2008 confirmou a presença de água congelada. A água ainda está lá. - Fez uma longa pausa.

-E é aí que você entra.

Curvei-me para me aproximar, sentado na ponta da cadeira; dava todos os sinais que eu fora fisgado pela isca.

-Existe uma pequena possibilidade. Nós acreditamos que possam existir bactérias ou fungos na forma de esporos. - Peter disse isso com uma voz sussurrada, como quem conta um segredo.

Olhei para as outras pessoas na saleta, e os dois pareciam esperar uma resposta minha, com um olhar entre o inquisidor e o curioso.

Tomei a palavra:

– Mas qual o problema haver esporos em Marte? Em Encélado são bactérias inteiras, vivas. As imagens dos microscópios são irrefutáveis. - rebati sem entender o drama do doutor.

-O problema, Dr. Schumann, é que estes dois homens estarão em Marte nos próximos anos, e seria terrível se esporos de bactérias pudessem estragar o passeio deles. - Um dos homens que estava mais próximo a mim levantou-se e se adiantou em minha direção dizendo:

-Eu sou o Capitão Jayson Palmer. Pretendo ser o Comandante da primeira nave que viajará até Marte. Doutor, durante a viagem, estes esporos poderiam nos contaminar?

Aquilo começou a ficar estranho. Afinal, não havia esporo algum, nada.

Precisando de mais informações comecei a fazer as perguntas:

-Impossível fazer qualquer especulação. Precisaria de mais detalhes, capitão. Já estudei bactérias e fungos que sobrevivem em situações absurdas. Mas nunca pensei nisso em outro planeta. Sob que condições nós estamos falando?

-O local do pouso será próximo ao “permafrost” no Norte de Marte.

Temperaturas entre -16 e -90 graus centígrados.

-Palmer, nós teremos tempo depois para os detalhes – Peter

interrompeu-o. E dirigindo-se para mim – Dr. Carl Schumann, precisamos ter a certeza que não existem bactérias lá sob qualquer forma. Mas, caso existam, precisamos garantir que os astronautas e mesmo a nave não se contaminem. Não desejamos trazer bactérias alienígenas aqui para a Terra.

Pelo menos não fora de tubos de ensaio. Queremos você na equipe para coordenar as ações neste sentido.

-Parece tentador. - Respondi.

-Só que nós temos um problema.

-Qual seria este problema? - Perguntei.

-A NASA não sabe que estamos te chamando. Meus superiores não concordaram com minhas objeções sobre este problema. Nós quatro somos os únicos a par de seus trabalhos. Precisamos discrição quanto a isso. Conseguimos um lugar aqui no Instituto Bohr para você trabalhar e formar sua equipe. Aqui tem alguns detalhes sobre verbas disponíveis e alguns estudos em que precisamos de seu apoio. - Passou-me um envelope branco com alguns CDs de dados.

-Poderia estudar isso com calma e nos dar uma resposta o quanto antes?

-Vou precisar de um tempo para isso, são muitas informações ao mesmo tempo. E também não planejava me mudar para tão longe.

-De qualquer maneira é realmente um desafio muito interessante para um simples biólogo!

Deram-me uma semana para pensar e deixamos marcada uma reunião.

Eles ofereceram um quarto na faculdade e me mostraram o local onde trabalharia.

O laboratório disponível era amplo e completo. Em um canto uma mesa grande com um computador estava pronta para ser meu escritório.

Nos dias seguintes conheci todo o Instituto e pude estudar o material apresentado pelo doutor Peter. Vi que meus artigos sobre o funcionamento do processo de "hibernação" das bactérias em forma de esporos foram citados algumas vezes nos textos. Nos CDs encontrei ainda algumas matérias sobre Antraz; alguns estudos de contaminação de materiais no espaço; um pequeno artigo sobre a poeira da Lua que ficou presa nas botas dos astronautas e entrou na nave Apolo e o procedimento de isolamento dos astronautas no retorno à Terra...

A semana passou rápida. Mesmo sem pensar, já comecei a desenvolver o projeto. Obtive algumas imagens do solo marciano e alguns dados sobre as condições gerais de temperatura e umidade. Fiquei surpreso com informações de geadas na madrugada de Marte e a presença de vapor d 'água na atmosfera.

Na reunião da semana seguinte fechamos um acordo. Meu primeiro projeto seria determinar uma forma de detectar bactérias ou fungos em forma de esporos. Formaríamos uma equipe que projetaria um protótipo.

Até aquele momento nunca tinha pensado nas dificuldades de construir um equipamento para viajar até outro planeta e realizar experiências científicas controladas remotamente. Detectar esporos e revivê-los em uma cultura era algo muito simples. Desde que os mesmos estivessem a alguns centímetros de minhas mãos e de meus olhos nos microscópios. Porém estando a milhões de quilômetros, como faria?

Minha equipe era composta por dois engenheiros da NASA e um auxiliar bioquímico. Trabalhamos duro por vários meses em muitas experiências e equipamentos.

Incomodava-me muito o fato de trabalhar quase em segredo.

Porém, Peter prometeu-me abrir o jogo assim que a máquina em que eu estava trabalhando estivesse adiantada. Inteirei-me sobre os preparativos para a viagem a Marte e tudo estava indo muito rápido. Os prazos eram curtos e com os foguetes já estavam prontos. Os pontos da missão agora estudados eram os controles dos recursos e determinação dos estudos científicos que seriam realizados. Parte da tripulação já fora escolhida e estavam em treinamento.

A proposta de Peter era que a máquina detectora de esporos deveria ser instalada no módulo de pouso e iria realizar todos os testes antes que os astronautas andassem pela primeira vez no solo de Marte. Peter Martin ainda teria que convencer os seus superiores que esta cautela a mais não prejudicaria o cronograma apertado.

Os engenheiros de minha equipe eram muito experientes. Já tinham trabalhado com o doutor Peter e eram de sua confiança. Porém eram especialistas em equipamentos óticos e eletrônicos. Construíram câmeras sob as especificações do doutor. Câmeras usadas em várias sondas espaciais. Porém tiveram problemas para atender minhas orientações, afinal minha experiência com Astronáutica era nula. Reagentes químicos, solventes e microscópios tiveram que ser organizados e movimentados por braços mecânicos, motores e observado por câmeras. Os engenheiros mais experientes na área de bioengenharia estavam ocupados com outro projeto.

O trabalho tomou minha vida inteiramente nos seis meses seguintes. As jornadas iam até altas horas e meu costume de dormir no próprio laboratório continuou. Providenciei para isso um sofá.

Quando o projeto do equipamento estava quase completo, Dr. Peter marcou uma reunião com a direção da missão da viagem a Marte. Iríamos apresentar nossas ideias e a máquina para aprovação.

A máquina estava projetada. Quer dizer, o protótipo da máquina. Questões mais práticas ainda deveriam ser estudadas. O projeto ficou enorme e pesava ainda cerca de duzentos quilogramas. Um processo de miniaturização deveria ser ainda executado. Mas não tínhamos tempo e a apresentação deveria ser feita assim mesmo.

Segui de volta à América, em um voo longo e com muitas preocupações sobre o destino de meu trabalho.

4 OLHOS OBTUSOS

Figura 4: Negociações entre oficiais da ABMA (agência de mísseis balísticos do exército americano) e os oficiais da NASA (1959) Crédito: Marshal Space Flight Center (MSFC)

A reunião foi marcada no JPL, o lendário Laboratório de Propulsão a Jato da NASA em Pasadena, Califórnia. Teríamos o tempo quente do verão do hemisfério norte. Estariam na reunião: Dr. Peter, meu único contato com o projeto, eu e o Dr. Charles Gavin, diretor do laboratório.

Novamente o fuso horário me deixou com problemas sérios naquela semana. Pude revisar todo o material durante as insônias. Estava preparado para defender meu trabalho e convencido que a construção da máquina seria importante para a segurança do voo planejado para Marte.

A chegada ao JPL se deu por uma estrada cheia de curvas. As instalações ficam entre colinas em uma bonita região da Califórnia que eu ainda não conhecia. Ao redor dos prédios, campinas verdejantes, e no horizonte foi possível ver uma grande montanha com o pico congelado.

Dr. Peter estava comigo. Ainda no carro, trocamos algumas informações que achávamos importantes para a reunião. Segundo ele, eu teria em torno de vinte minutos para resumir o conteúdo de minhas experiências e falar sobre o projeto do detector de esporos em que eu estava trabalhando. O diretor Gavin estava informado sobre o assunto e qual era nossa proposta.

Não haveria surpresas, conforme Peter havia me prometido. Pelo menos era isso que eu imaginei.

Fomos conduzidos até uma comum sala de reuniões com uma grande mesa oval, um quadro branco em uma parede, um projetor no teto, e uma grande janela do outro lado. A janela era voltada justamente para a montanha e seu pico gelado. Uma sala muito impessoal, que poderia ser de qualquer empresa. Um detalhe, porém, em um canto, acabou por identificar o lugar: um grande modelo do ônibus espacial Colúmbia e seu grande tanque externo laranja e a dupla de foguetes de combustível sólido.

Pediram para aguardarmos um pouco e sentamos por alguns minutos.

Aproveitei para ajeitar os papéis sobre a mesa e desenrolar alguns desenhos maiores.

Não demorou muito para chegar nosso anfitrião, Dr. Gavin. Veio sozinho e nos cumprimentou com um sorriso largo. Apresentou-se e iniciou rapidamente os trabalhos:

-Dr. Martin e Dr. Schumann, acho que me devem uma explicação. O que pretendem com este projeto "secreto" - fez as aspas com os dedos – que estão fazendo em Copenhague?

Olhei constrangido para o Dr. Peter e esperei que ele respondesse.

Porém, Dr. Gavin foi mais rápido. Ficou claro que ele tinha tudo sob completo controle.

-Senhores, não precisam se explicar. Estou completamente ciente de seus trabalhos e tenho acompanhado em detalhes cada um dos passos que têm realizado. Estou contente que o Dr. Schumann esteja conosco. Porém temos que nos alinhar, não dá para continuarmos trabalhando em paralelo.

Vejo que você trouxe os papéis do projeto. Pode guardar isso, acho que as cópias que temos aqui já nos bastam.

Eu não entendi nada. Como teriam cópias disso?

-Dr. Gavin, tem que me desculpar, mas, você tem feito espionagem em nosso trabalho? - Disse Peter indignado.

-Digamos que nós somos os responsáveis pelos engenheiros que trabalham para você. Nada mais justo que eles nos reportem o que estão fazendo! Mas esqueçam isso. Não vem mais ao caso. O que interessa agora é para onde vamos.

-Parece que eu vou retornar para o Instituto de Biologia. - Respondi sem entusiasmo.

-Não Dr. Schumann, temos algo maior para você. - Retornou Gavin -

Sua máquina é formidável. Conseguiu realizar algo incrível com a pequena equipe que dispunha. Nossos planos são outros. Aliás, nosso verdadeiro problema é tão diverso do que vocês têm trabalhado. Mas vocês apareceram na hora certa.

-E qual seria este problema, doutor? - perguntei curioso.

-Antes de prosseguir gostaria de lhe apresentar a doutora que está trabalhando com um equipamento exatamente como o seu. Deixe-me chamá-la. - Acionou o telefone sobre a mesa e pediu que a secretária conduzisse a doutora até a sala de reuniões onde estávamos. Em poucos segundos a porta se abriu e ela entrou em passos rápidos.

Minha primeira visão foram seus olhos obtusos.

Não poderia determinar se sorria. Nosso olhar se cruzou rápido. Ela parecia incomodada, talvez séria, não ficou claro para mim. Porém foi fácil perceber o quanto tinha um rosto lindo e estava em boa forma. Mas no momento que a vi, foram os olhos castanhos que realmente me atraíram.

-Deixe-me apresentá-la. - Gavin interrompeu meus devaneios – Esta é a Dra. Anna Ivanova, bioengenheira da Universidade de Moscou e principal responsável pela participação científica da Rússia no projeto de visita a Marte. Dra. Ivanova, este é Dr. Carl Schumann, e o Dr. Peter a senhora já conhece.

Ela olhou firme em meus olhos e em um aperto de mão forte demonstrou sua determinação e tenacidade. Eu por minha vez me senti acuado imediatamente.

-Doutores, a doutora Ivanova já fez uma análise inicial dos documentos e está convencida que o projeto do sensor é totalmente viável. Por favor, doutora.

-Sim, diretor. Enquanto estavam trabalhando neste equipamento, eu e minha equipe aqui no JPL já tínhamos um equipamento protótipo similar em testes preliminares. Porém os resultados não eram promissores. -

Ela falava com segurança e uma autoridade que beirava a arrogância. Sua voz era firme, porém o sotaque russo dava a ela um quê de misterioso.

-Nós utilizamos uma técnica mais ortodoxa para a detecção de esporos, baseado em bioluminescência.

-Eu pensei também iniciar os estudos nesta direção. - concordei. -Porém minhas experiências anteriores com bioluminescência geravam um grande número de falsos positivos quando alguns fatores externos interferiam na medida.

-Por isso iniciou diretamente com a técnica de cultivo? - Perguntou.

-Exatamente. Isso fará com que a detecção seja mais demorada, porém mais segura.

-Desde que não haja nenhuma possibilidade de contaminação antes de obter a amostra.

-Em todos os casos uma contaminação estragaria qualquer conclusão, independente do método.

-Tem toda razão, doutor Schumann. Porém o método de cultivo precisa de um controle muito maior, justamente por ser necessário um ambiente favorável para os esporos aflorarem. - Ela retrucou.

-Se não houver uma garantia completa de esterilização dos equipamentos, nenhum método terá credibilidade. - Respondi irritado.

Dr. Gavin levantou e interrompeu a conversa que já fazia os ânimos esquentarem.

-Vejo que vocês terão muito que discutir juntos, não é mesmo? - Disse com um pouco de ironia. - Minha proposta é a seguinte: vocês dois vão trabalhar juntos aqui no laboratório de bioengenharia com todo apoio dos nossos engenheiros. Precisamos construir este dispositivo e testá-lo em seis meses apenas. Ele deverá ser menor e mais leve. Pelo menos metade do tamanho destes desenhos iniciais. Dra. Ivanova tem alguma experiência em miniaturização, vai lhe ajudar. Estamos planejando enviá-lo para Marte antes da viagem tripulada. A equipe disponível é suficiente para este prazo.

Dr. Schumann, você será o gerente deste projeto. Dra. Ivanova irá lhe apresentar toda a equipe. Vá em frente doutora, ainda preciso definir alguns detalhes com Dr. Schumann.

Dra. Ivanova ficou lívida imediatamente. Os olhos dela pareciam querer destruir o diretor Gavin.

-Dra. Ivanova, você insistiu muito nos últimos dias que precisava de uma definição da chefia do projeto do sensor. Pois bem, Dr. Schumann será o gerente de projeto. - Ela se virou para mim e também me fuzilou, porém minha expressão de surpresa era tão grande que ela desviou o olhar e saiu pisando duro.

Dr. Gavin parecia executar com maestria um plano bem pensado com todos os detalhes previamente definidos. Tudo estava em suas mãos.

-Dr. Peter Martin, você foi designado para coordenar o projeto científico da viagem para Marte desde o início e temos tido muitos problemas para nos entender. Esta situação absurda com o Dr. Schumann fazendo seus projetos secretos na Dinamarca é algo que não posso tolerar.

Você passou por cima de minhas determinações. Não podemos continuar assim. Eu não posso. Preciso pedir para que deixe a frente deste projeto. O conselho diretor já aceitou minhas argumentações.

-Eu já esperava por isso, diretor. - Respondeu Peter – Na verdade minha aposentadoria já venceu há dois anos. Quando criei esta "situação absurda" eu tinha completo conhecimento das consequências. Mas eu não poderia me furtar da responsabilidade. Eu já tenho aqui em mãos uma carta de desligamento. Eu vim preparado para isso.

-Certo Peter. Vejo que quer tornar as coisas mais fáceis. Já tenho seu substituto definido. Ele está te aguardando neste momento no escritório do laboratório de Biologia. Trata-se de seu braço direito, Dr. Reynaud. Por favor, vá até lá, ainda tenho algo a discutir com o Dr. Schumann.

-Sua escolha para meu substituto foi uma excelente decisão, Dr. Gavin.

- Concordou Peter. E virando-se para mim – Boa sorte Carl, nós ainda nos encontraremos aqui. - E se despediu saindo imediatamente.

Sua reação foi bem mais amigável que a da doutora Ivanova. Ele saiu tranquilo e, pelo que vi os acontecimentos não pareceram surpreendê-lo.

-Então agora somos só nós dois, doutor Schumann. - Gavin se dirigiu a mim, juntando a palma da mão e enrugando a testa de forma estranha. - Eu tenho outra missão para você.

-Você já deve ter notado como a Doutora Anna Ivanova tem uma intensa presença pessoal. - Continuou Gavin – Os russos a escolheram para este projeto de forma muito premeditada. Eles pretendem transformá-la em um novo Yuri Gagarin de saias. Não sei se tem acompanhado política rapaz, os ânimos estão esquentando novamente. Desde que a China se tornou uma potência em pé de igualdade com a América, os russos estão tentando de tudo para retomar seu lugar. Então estamos planejando esta viagem para Marte. E os russos participam principalmente por sua experiência em missões longas. E também por seus foguetes baratos de reabastecimento. Os acordos permitem uma cadeira para eles no voo. Diante disso, o que eles fazem?

-Eles pretendem monopolizar a atenção do público com esta senhora. Bonita, independente, inteligente. E responsável pela experiência mais importante: confirmar a vida em Marte. Seria ela a primeira a manipular bactérias extraterrestres! Não interessa que o primeiro passo fosse de um americano. Ela seria a principal história.

-Dr. Schumann, se tivermos outra pessoa no projeto para dividir as atenções sobre a questão das bactérias, poderemos anular esta doutora.

-Porém, não quero causar uma má impressão a você. A preocupação quanto à fama dela não é nossa, não da América. O problema é o investimento chinês. Eles prometeram verbas para o projeto. Porém esta ameaça russa não estava em seus planos.

-Isso parece um pouco conspiratório demais – pensei alto.

-O que quero de você não tem nada de conspiratório. Apenas precisamos de um contraponto àquela pesquisadora. Por isso te coloquei como o responsável. Ela será seu braço direito. Não podemos negar a presença dela aos russos. Então faremos do sucesso dela, o seu sucesso.

Dependendo de como o projeto andar talvez sua participação, Schumann, tenha que ser maior.

-Como assim maior?

-Quem sabe você terá que ir até Marte. Isso estaria fora de cogitação para você?

Olhei atônito para o diretor Gavin. Não consegui responder nada.

Aquilo era uma loucura.

-Não responda agora – ele percebeu minha reação – Apenas pense no assunto. Venha comigo agora, quero apresentar o restante da equipe.

Saímos dali imediatamente, enquanto minha mente trabalhava sem parar, às voltas com esta ideia doida de ir para outro planeta. Nunca até aquele momento tinha me passado pela cabeça algo tão insólito.

5 PRIMEIROS DIAS

Figura 5: Construção da espaçonave Genesis. (~1999) Crédito: NASA Jet Propulsion Laboratory

Saímos dali para o laboratório principal do Instituto. Ainda no corredor pude ver por uma área envidraçada na lateral, que os pesquisadores estavam todos reunidos. Anna Ivanova estava gesticulando muito e tinha a face carregada.

No momento que passamos pela porta, a maioria nos olhou um tanto constrangidos. Alguns baixaram a cabeça pouco animados. Anna, porém, adiantou-se e veio ao nosso encontro e mostrou-se muito simpática.

-Seja bem-vindo Dr. Schumann, deixe-me apresentar nossa equipe. - Segurando meu braço, arrastou-me e apresentou-me a cada pessoa do grupo.

Entre os presentes estava Jayson Palmer, o futuro comandante da viagem. Palmer, como era chamado o tempo inteiro, era uma presença forte que dificilmente passaria despercebida. A tez queimada de sol, os cabelos grisalhos, e grandes mãos calejadas lhe davam um ar de velho jovem marinheiro. Conversei muito com ele e nos simpatizamos imediatamente. Vi que poderíamos nos tornar bons amigos. Mesmo já o tendo encontrado antes, pude agora finalmente conhecê-lo.

Ao contrário do que imaginei, não houve nenhuma hostilidade por parte da doutora Anna naquele primeiro momento. Foi muito amável e prestativa. Depois de quebrado o gelo, enquanto saia pelo corredor, procurei agradecê-la sua recepção. Esboçou um sorriso um pouco maligno e foi sincera:

-A missão é mais importante, camarada. Quem tem interesse em me tornar um ícone, são os políticos. Eu estou apenas cumprindo meu dever. Não pense que não sei que você foi chamado aqui para me ofuscar. Não se preocupe com isso. Eu tenho interesse científico aqui. Política, eu estou fora. - Ela não tinha meias palavras. Deixou-me sem fala. Fiz um gesto afirmativo com os olhos e o rosto e respondi:

-Então, nós falaremos a mesma língua, eu também estou aqui pela ciência.

-Mas você não receberá os louros por minha pesquisa. - Interrompeu-me – Prepare-se para o dobro de trabalho, ou vai comer poeira. Aliás, deixei um pacote de recomendações de mudanças para seu projeto bem sobre sua mesa.

-Aquela é minha? - apontei para uma mesa na direção que ela me indicou o pacote.

-Sim, a mesa mais à direita. Boa sorte, doutor e seja bem-vindo novamente.

-Muito obrigado. - Respondi apertando sua mão. Naquele momento não pude deixar de reparar no grande brilhante de uma aliança em sua mão esquerda. Deveria ser casada.

O resto do dia eu tirei para ajeitar minha mudança. Ficaria em um hotel, enquanto não arrumasse um local menos provisório.

No dia seguinte pela manhã, acordei bem-disposto e fui fazer a barba e tomar meu banho matinal: um ótimo momento para eu repensar tudo que estava acontecendo comigo.

Era estranho como tudo tinha mudado tão rápido. O novo laboratório era tão completo e estavam todos motivados e prontos para fazer o que era necessário. E Anna também. Surpreendeu-me a forma como ela se posicionou mesmo após o corte que o Dr. Gavin lhe deu. Este seria o primeiro dia no novo laboratório e eu sentia uma excitação e certo frio na barriga.

No horário combinado, um dos engenheiros passou para me pegar no hotel. No caminho pudemos trocar uma ideia.

-Dr. Schumann, o pessoal já pôde ver um pouco seu trabalho com o sensor. Teremos muito trabalho para reduzir tudo aquilo para a sonda.

-Cláudio, qual sua especialidade mesmo? Desculpe-me, mas tinha tanta gente para conhecer ontem que me enrolei todo.

-Sou Analista de Sistemas, doutor. Eu tenho trabalhado duro no projeto da doutora Anna. Infelizmente os resultados não têm sido nada animadores. As nossas estatísticas de falso positivo são altas demais.

-Você mesmo analisou os dados das experiências?

-Sim. Preparei os programas para a análise estatística. Os resultados foram péssimos.

-Dra. Anna deve estar muito decepcionada, não é?

-Sim, ela trabalhou muito tempo com este projeto. - ele não tirava os olhos da estrada, e seu tom de voz deixava claro a sua decepção também.

-Cláudio, e quanto a falsos negativos? – enquanto conversávamos, veio-me uma ideia daquelas.

-Falsos negativos? Quer dizer, casos em que a amostra tinha bactérias e o sistema não encontrou nada?

-Exatamente – respondi empolgado. - Estava aqui pensando...

-Bom, não tivemos falsos negativos. E olha que repetimos dezenas de vezes os testes. Não foi muito bom para indicar bactérias com precisão, dezenas de testes sem bactérias indicou a presença. Ficou claro que falharia. - disse resignado.

-Mas ele não errou nenhuma vez deixando passar uma amostra com bactérias?

-Não senhor. Nas vezes que tínhamos bactérias, ele sempre as indicava.

-Certo Cláudio. Você acaba de me dar uma ótima notícia.

-Que bom. - Ele continuou dirigindo, mas agora com um meio sorriso no rosto, como se tivesse feito uma boa ação.

Chegamos ao laboratório e fui para minha mesa verificar a papelada que Anna havia me deixado no dia anterior. Havia muito trabalho a fazer.

Procurei a lista de ramais e liguei para Anna. Ela já estava lá e disse para me encontrar na sala de reuniões.

-Doutora, vindo para cá estive conversando com Cláudio e tive uma boa ideia.

-Sou todo ouvido, Dr. Schumann.

-Bom, ele me disse que sua máquina não apresentou nenhum falso negativo. Acho que vamos precisar deste equipamento.

-Como assim, vamos precisar para quê? - ela quase pulou da cadeira.

-Bom. O meu projeto tem apresentado problemas com o tempo de análise. Sua máquina com falsos positivos. Vamos utilizar as duas máquinas e teremos uma medida correta e em menor tempo. Sua máquina escolhe as melhores amostras e a minha faz a análise.

-Você deve estar brincando. Precisamos reduzir o seu projeto mais de sessenta por cento e você ainda quer mandar o outro sensor junto?

-Exatamente. Vamos ver o que podemos fazer. Afinal a opção é enviar um sequenciador de DNA. O que está totalmente fora de questão.

Juntamos sobre a mesa os desenhos dos dois projetos e chamamos os engenheiros envolvidos.

Durante aquele dia todo, discutimos quais partes poderiam ser compartilhadas. O microscópio eletrônico era a maior peça e seria uma só para os dois projetos. Os dispositivos para recolher as amostras também.

Ficamos trabalhando duro e quando dei por mim já era noite escura. Ea doutora Anna estava lá tão envolvida com o trabalho como eu.

-Nossa, nem me dei conta da hora. Doutora, não precisa ir para sua família? Seu marido deve estar preocupado. - disse descontraidamente.

-Ele não está em casa. Está na Tchetchena neste momento. Ele é capitão do exército russo. De qualquer maneira, continuaremos isso amanhã, cansei-me.

-Não deve ser fácil ter alguém em uma guerra.

-Desculpe-me, mas não quero falar sobre isso, camarada. - ela disse e se afastou.

Pedi um táxi e fui embora acabado. Não tinha me dado conta do cansaço até chegar à minha casa para um chuveiro. Foi um bom dia de trabalho aquele. Conseguimos chegar a um projeto básico conjunto.

6 MUDANÇA DE PLANOS

Figura 6: Robert T. Jones no Quadro Negro. Resolvendo problema com aerodinâmica de asas em velocidades supersônicas (1946) . Crédito: NASA Langley Research Center (NASA-LaRC)

Depois daquele primeiro dia, sem a pressão da novidade e a expectativa da reação de Anna, finalmente pude me concentrar em produzir a máquina.

Dr. Reynaud, o novo responsável pelo projeto, era uma boa pessoa e muito participativo.

E a equipe era fantástica.

Acho que nunca trabalhei com uma equipe como aquela. A motivação era grande, e a experiência dos integrantes era impressionante.

No entanto, minha posição de gerente do projeto do sensor era muito difícil. Eu não sou o tipo que coordena equipes. Muito pelo contrário, gosto de trabalhar sozinho. O consolo é que a quantidade de trabalho não permitia que eu fizesse isso de qualquer maneira.

Doutora Ivanova foi um caso a parte. Participava de forma visceral do projeto. Era como se a máquina fosse seu bebê. Acho que durante os primeiros meses nunca deixei de vê-la no laboratório. Sempre foi a primeira a chegar e a última a sair.

Meu sofá confortável já tinha sido providenciado próximo de minha mesa. Porém não conseguia dormir direito, a ansiedade começou a deixar-me insone.

Naqueles dias os holofotes sobre a NASA aumentaram. A mídia de todo o mundo estava cobrindo os últimos testes com os foguetes da série Ares 1 e 5, que finalmente levariam o homem novamente para lua.

O voo estava previsto para os seis meses seguintes. E Jayson Palmer seria o Comandante. Além dele, conhecia também o piloto John Albert, que estava participando de nosso projeto. John era o terceiro homem na sala de Peter Martin naquela reunião em que começou minha história com a NASA.

O clima então era muito festivo e era grande a esperança que o projeto fosse além, e realmente levasse os primeiros humanos para Marte.

Depois de duas semanas de intenso trabalho, Dr. Reynaud junto com a Doutora Ivanova me procuraram no laboratório para discutirmos algumas questões sobre a máquina. Sua preocupação era com a contaminação dos tripulantes da futura nave.

Fomos até a sala de reunião, onde a nave Colúmbia estava nos esperando em seu canto.

Dr. Reynaud iniciou a reunião:

-Doutores, o diretor Gavin me procurou e está preocupado com o andamento deste projeto. Vocês sabem que o plano inicial foi colocar este seus sensores biológicos na nave que levará os homens até Marte. Porém, estamos conscientes que não será nada simples garantir que nenhuma contaminação exista. O risco para os tripulantes já é enorme sem estas bactérias. Estamos sobre pressão.

Dra. Ivanova concordou:

-Reynaud, a preocupação do diretor é válida. Temos poucas informações sobre estas supostas bactérias. Porém, se existem realmente, devem ser potencialmente resistentes. Procedimentos de desinfecção deveriam ser testados antes que a tripulação chegue próximo desta coisa. Estamos discutindo se devemos incluir isso na máquina, algum laser, ou dispositivo que gere alta temperatura.

-Doutora, – interrompeu Reynaud – eu acho que você já sabe o que devemos fazer não é?

-Mandar uma sonda antes da viagem. – ela respondeu imediatamente com os olhos baixos e uma careta. - Isso atrasará a viagem pelo menos uns dois anos.

-Algo próximo disso, doutora. Dr. Schumann, concorda com esta estratégica?

-Acho que seria a melhor maneira, a mais segura. Acho até que Gavin citou isso na minha primeira reunião com ele. Assim, conseguiríamos fazer um conjunto de testes para confirmar todas as coisas que precisamos saber.

E a viagem a Marte seria um passeio mais agradável.

-Chamar esta aventura de passeio agradável não me parece muito justo – sorriu Reynaud. Franziu a testa e continuou um pouco mais sério: - Os Chineses vão entrar mais firmes no projeto. Eles têm um foguete pronto e uma sonda com algumas experiências que pretendem fazer. Vamos aproveitar a carona.

-Pensei que a participação deles era apenas financeira. – indaguei.

-Não doutor. Saiba que eles estão preparando um foguete para levar chineses a Lua nos próximos 10 anos. Eles tem tido bons resultados.

-Os foguetes foram baseados nos modelos russos. – esclareceu Ivanova – No entanto, eles conseguiram dominar a tecnologia e aperfeiçoaram muito o equipamento.

-Estou falando sobre isso, pois integraremos esta sonda ao foguete chinês. Um dos engenheiros líderes do projeto será transferido para cá e trabalhará com vocês no desenvolvimento. O nome dele é Liwei Won. É engenheiro astronáutico e candidato a Taiconauta.

-Um astronauta chinês? Quem diria. Se continuar assim esta vai ser o projeto mais internacional que já participei! – fiquei empolgado com a ideia.

-Fique tranquilo, ele fala inglês até melhor que a doutora. – brincou Reynaud.

Anna não gostou. Ficou ruborizada e quase pude ouvi-la resmungando alguma coisa entre os dentes.

Dr. Reynaud tirou uma caixa de CDs de sua valise e entregou-me.

-Aqui tem os desenhos e especificações do projeto do foguete chinês.

Inclusive com os cronogramas. A previsão é que o lançamento ocorra em quatro meses. Temos pouquíssimo tempo.

Desta vez fui eu quem gelou imediatamente. Parecia impossível atender esta meta.

-Não me parece um prazo razoável. – reclamei.

Reynaud levantou-se e aos gritos respondeu:

-Lembre-se que levamos nove anos para colocarmos o homem na Lua, isso com a tecnologia de meio século atrás. Portanto em quatro meses é perfeitamente possível construir esta sonda. – com o dedo em riste. - Reciclem outros projetos, simplifiquem, resolvam.

Nunca tinha visto ele assim. Falou de uma forma tão enérgica e decidida que eu não tinha como discutir. Realmente, o diretor Gavin tinha feito uma boa escolha.

-Vão trabalhar. Vocês têm muito que fazer.

Eu e Ivanova nos olhamos um pouco surpresos e saímos dali.

Passamos o restante do dia estudando os desenhos e convocamos a equipe para uma reunião no fim da tarde.

Colocamos os desenhos do foguete em um projetor e apresentamos a novidade. Assim como foi para mim, a ideia energizou toda a equipe.

Teríamos agora uma meta bem definida com prazo, tamanho do equipamento e objetivo.

Todos fizeram dezenas de perguntas. Algumas soubemos responder, outras tivemos que anotar. Foi um momento muito bom para o projeto.

Muita coisa que já tínhamos projetado teria que ser remodelada ou mesmo refeita. Mesmo assim no fim da reunião todos saíram confiantes e determinados.

7 MISTER WON

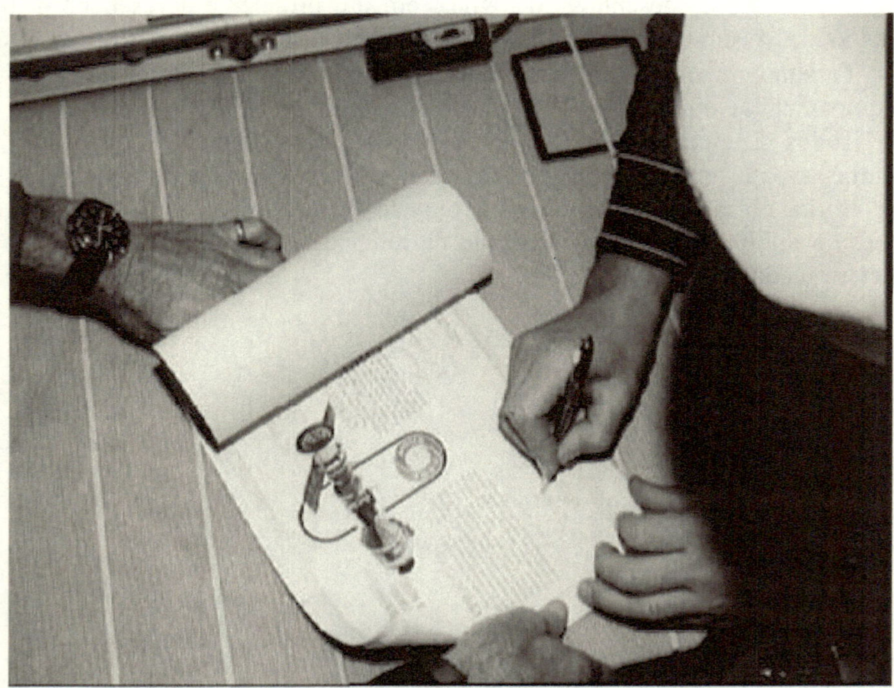

Figura 7: Assinatura de certificado por cosmonauta durante a acoplagem de nave Soyuz e Apollo. (1975) Crédito: Johnson Space Center (JSC)

Continuamos com os trabalhos com muito empenho e os resultados logo começaram a aparecer. A máquina detectora de esporos diminuiu de tamanho e ficou mais e mais precisa.

Apesar do muito trabalho, pude receber algumas ligações do Dr. Peter Martin. Ele estava muito interessado no andamento do projeto, apesar de suas férias no Havaí. Seu telefonema sempre terminava em boas risadas.

Afinal, relaxado como ele estava, era fácil arrumar alguma piada para tudo.

Em uma destas ligações, Peter se mostrou um pouco mais preocupado com a questão da entrada dos chineses no projeto. No entanto, quando disse que seria Liwei Won o engenheiro que participaria, suas preocupações se dissiparam.

-Mister Won é uma excelente pessoa. – acalmou-me Peter – Pudemos nos conhecer durante o primeiro projeto conjunto da NASA e a China. Ele é simples e muito prestativo. Inteligente que não acaba mais. Não consegui seguir o raciocínio dele algumas vezes. Precisou desenhar!

-Sem essa. Precisar desenhar para você! – eu já o tinha como um amigo, o que me permitia chamá-lo de você, Peter, ou o que desejasse.

-Não o subestime. Quando precisar, puxe o papel e peça o desenho. – E sorriu em uma gargalhada. – Agora preciso desligar; minha esposa já está pedindo outro Martíni, e se continuar assim, eu terei que levá-la ao quarto carregada!

-Até logo meu amigo, espero que aproveite este período sabático. – emendei.

-Não é sabático. Afinal hoje é segunda! - novas gargalhadas. Porém mais sério ele prosseguiu – Na verdade é uma aposentadoria de verdade. Não pretendo retornar ao trabalho. Se soubesse que seria assim, já teria me aposentado antes!

-Então aproveite doutor. E curta sua família. Um abraço.

Logo que desligamos, doutora Ivanova chamou-me ao laboratório.

Queria apresentar-me os novos resultados dos sensores.

-Dr. Schumann, veja estes resultados. – colocou uma folha com uma tabela sobre a mesa e continuou: - Segundo Cláudio, o computador pôde relacionar os dados dos dois sensores de forma a conseguir uma taxa de acerto na ordem de 90%. Os resultados estão cada vez melhores. Porém como poderíamos aumentar este valor?

-Se eu pudesse fazer enriquecimento, olhar os tubos de ensaio e selecionar pessoalmente as amostras, com certeza poderíamos chegar a cem por cento. Não há como eu manipular algum robô de controle remoto com câmeras, ou algo assim?

-Deixa de bobagem. - reclamou doutora Ivanova.- Quantas vezes eu terei que repetir: o atraso de dezenas de minutos da comunicação de dados entre Marte e a Terra impede controles em tempo real. Não entende isso, Carl?

Olhei bem para ela. Ela não percebeu que havia me chamado pelo primeiro nome. Era a primeira vez, e indicava que a intimidade estava aumentando. Talvez tenha sido um descuido ou coisa assim. Mas meu pensamento ficou divagando por um ou dois segundos. Até que meu raciocínio retornou ao assunto.

-É. Você está certa.

-Cláudio me apresentou um novo algoritmo de análise. Usando Lógica Fuzzy. Isso seria próximo do que você está propondo, conhece? - ela perguntou.

-Lógica Fully, é de comer?

-Fuzzy, doutor. Lógica Fuzzy. Com esta lógica seria possível armazenar seu conhecimento de análise. O computador capturaria seu conhecimento para escolher e examinar as amostras.

-Isso é meio assustador. Se o computador armazenar meu conhecimento, eles poderiam me mandar para casa. – brinquei.

-Não fale bobagens. Você tem conversado muito com o doutor Martin. Seu senso de humor está além do suportável ultimamente. – disse Anna, com aquele olhar reprovativo.

-Não mesmo. Meu senso de humor está ótimo. É a doutora que anda bem difícil nos últimos dias. – ponderei, afinal, realmente, ela parecia cada dia mais irritada e irritante.

-Não vamos começar com isso. Vou falar com Cláudio, preciso rever os algoritmos que ele está propondo. Minha experiência com lógica Fuzzy me diz que ela é muito promissora para este caso.

-Tudo bem, vá lá falar com o rapaz. Mudando de assunto; Acho que era hoje que o Dr. Won viria para cá. É isso mesmo, Anna?

-Por favor, não me chame de Anna. Eu insisto. - Seus olhos crisparam e não deram espaço para qualquer reação.

-Me desculpe doutora. Não vai se repetir. – respondi constrangido.

-O diretor Gavin deixou avisado que o chinês estará aqui à tarde. Deve recebê-lo junto com o doutor Reynaud.

Ela saiu estalando as tamancas para falar com Cláudio, e me deixou lá pensativo. Sua reação quando lhe chamei pelo primeiro nome foi extremamente exagerada. Por que não poderia chamá-la assim? Ela mesma não tinha acabado de me chamar pelo primeiro nome?

Tentei afastar estes pensamentos para me concentrar em juntar o material para a apresentação ao Mister Won. Já tinha se passado o primeiro mês, de um total de quatro, para o prazo definido na reunião com Reynaud.

Embora tivéssemos avançado, não conseguimos diminuir o equipamento suficientemente.

Liwei Won chegou no início da tarde e me foi apresentado pelo Dr Reynaud. Exatamente como Peter tinha me dito, sua aparência era simples e seus gestos comedidos. Vendo-o na rua, poderia ser confundido com um simples camponês perdido na cidade grande.

No entanto, quando comecei a apresentar os desenhos e as especificações do projeto que desenvolvíamos, ele apontou cada um dos gargalos para aumentarmos a precisão e diminuir o tamanho da máquina.

Em pouco menos de vinte minutos ele já dominava o projeto e pediu a presença dos analistas e programadores, para que ele pudesse sugerir algumas novas técnicas para aperfeiçoar os resultados.

Liguei para Cláudio em sua sala, pedindo sua presença. No entanto, em poucos segundos, quem apareceu foi Anna, quase correndo e com a face enérgica. Chegou abrindo a porta com força e quase gritando:

-Não disse que estaria com Cláudio fazendo a análise do novo algoritmo? Será que não pode me deixar trabalhar um segundo?

Ela estava tão transtornada que não percebeu a presença de Won. Mal ela terminou de falar, Cláudio chegou correndo atrás, com aquela cara de quem fez o que pôde para evitar que ela saísse correndo.

Procurei responder com a maior calma possível, falando pausadamente e baixo:

-Desculpe-me, doutora Ivanova, não queria interrompê-los. Porém chamei Cláudio aqui para apresentá-lo ao novo integrante da equipe. Este é Liwei Won, ou Mister Won. Won, esta é a doutora Anna Ivanova, um dos nossos mais dedicados quadros neste projeto. E este é Cláudio, com quem você gostaria de falar.

Ela ficou lívida, e ainda tremendo cumprimentou Won e sem falar nada, saiu rapidamente cabisbaixa. Acho que nunca a vi tão constrangida como naquele momento.

O incidente com Anna foi embaraçador. Soube depois, à boca pequena, que ela saiu da sala e escondeu-se em um canto chorando. Nunca esperaria dela uma reação assim, pois sempre fora altiva e segura de si.

Won conversou um bom tempo com Cláudio e confirmou que Lógica Fuzzy seria ótima neste projeto. Prometeu que traria uma biblioteca de códigos de seu computador, pela internet, para facilitar ainda mais o trabalho dos programadores.

Seu grande conhecimento técnico de todas as áreas envolvidas e sua humildade para propor mudanças, fez com que ele fosse recebido de forma integral pela equipe, sem resistências. Uma semana depois, ele já era visto como um dos nossos. Além do que, como dissera Reynaud, seu inglês era impecável, muito melhor que o da doutora Anna.

Os novos algoritmos de Cláudio com a biblioteca de Won, mostraram-se totalmente seguros e precisos. Não tivemos mais problemas com as amostras. O sensor tinha agora um tempo de leitura excelente e apresentou grandes resultados.

Foi muito interessante a forma com que calibramos o equipamento.

Cláudio preparou um programa que me fez uma espécie de entrevista. Ele apresentava imagens e medidas obtidas da máquina e pedia que eu identificasse o quanto estava próximo de um esporo.

Eu imaginava que durante a calibragem eu teria que responder algo preciso como: "o diâmetro do ponto destacado deve estar entre três e quatro micrômetros e a cor deverá estar com nível de azul entre dez e duzentos unidades", ou outros parâmetros como estes. No entanto as minhas informações poderiam ser bem imprecisas: "o diâmetro do ponto destacado deverá ser pequeno e a cor levemente azul". A lógica Fuzzy iria mapear estas informações imprecisas matematicamente e identificar com precisão as amostras. Porém a forma exata como a lógica realizava o mapeamento fugiu do meu entendimento.

Mister Won colaborou também com um espectrômetro miniaturizado.

Ele trouxe do projeto da sonda que os Chineses lançariam junto com a nossa. Isso reduziu ainda mais o tamanho e o tempo do projeto. Se tivéssemos que reduzir o tamanho do espectrômetro que tínhamos anteriormente, o prazo se esgotaria.

A sonda chinesa tinha outros propósitos. Ela ficaria em órbita para mapear detalhadamente a composição química da tênue atmosfera e da superfície de Marte. Além disso, o projeto era testar o foguete para uma futura viagem até a Lua. O projeto astronáutico Chinês recebeu muito dinheiro desde o quebra da bolsa americana e mundial em 2008. A influência da China no retorno à normalidade foi decisiva, e marcou definitivamente sua posição como grande potência mundial. Os europeus também retomaram sua importância, uma vez que somente eles conseguiram acalmar os investidores.

Quanto a nosso projeto, no fim do terceiro mês conseguimos terminar o equipamento e embalá-lo para o transporte até a China, de onde seria lançado.

Anna pareceu cada vez mais melancólica e mais nervosa conforme o projeto ia caminhando. Atribuí seu nervosismo à sua responsabilidade no projeto. Verifiquei que os contatos com Moscou aumentaram muito neste momento. Possivelmente estariam pressionando-a mais do que poderia suportar.

Para comemorar o término da sonda, nos reunimos todos na entrada do laboratório onde tivemos um pequeno evento. Serviram champanhe.

Anna apareceu preocupada e sumiu rapidamente. Todos os outros comemoraram muito. Dr. Gavin e Dr Reynaud fizeram discursos e entregaram simbolicamente a sonda a Mister Won.

Batizamos a sonda de Phoenix 2.

Mister Won seguiria com o equipamento para a China, acompanhado de alguns de nossos engenheiros. Teriam ainda um mês para fazer integração da sonda ao foguete.

Foi uma vitória conseguirmos realizar o projeto dentro do prazo. Os próximos seis meses seriam o tempo da viagem, e somente após o pouso da nave em solo marciano teríamos os primeiros resultados.

Acreditava que teria um pouco de folga, porém este período de espera reservou surpresas ainda maiores.

Uma quinzena após a partida de Won, o diretor Gavin convocou-me, com Anna para uma de suas reuniões planejadas. Na última, como já citei, ele mandou Peter embora. Fiquei sabendo que ele só participava diretamente de alguma reunião se fosse mesmo decisivo para o andamento do projeto. Portanto minha expectativa quanto a esta reunião era enorme.

Quando entramos na sala do Colúmbia, encontramos Dr. Gavin de pé, como a face transtornada. Sentado ao seu lado Dr Reynaud parecia ainda pior, e olhava, com os olhos vermelhos, os picos gelados das montanhas.

Para nossa surpresa, Mister Won pessoalmente e com um amontoado de papéis em mãos, parecia o único a demonstrar tranquilidade. Por algum motivo ele tinha retornado da China, antes do que esperávamos.

-Temos um grande problema. - disse Gavin com os dedos entrelaçados e a testa enrugada. - Um grande problema.

8 MENTIRAS E SEGREDOS

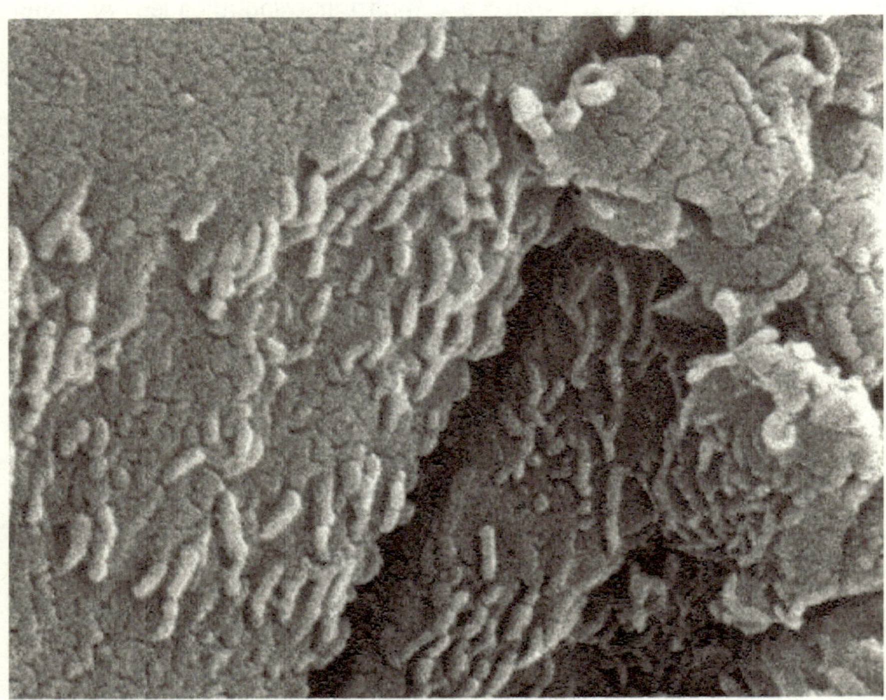

Figura 8: Supostos fósseis de bactérias marcianas. Estudos posteriores à divulgação desacreditaram a descoberta. (1996). Crédito: NASA

O diretor Gavin mantinha seu semblante tenso e as mãos tremendo. Eu e Anna ficamos ansiosos para saber qual seria este problema tão sério.

-Quero que vejam estes papéis. Vejam isso. Digam que Mister Won está errado. - disse mostrando os papéis na mão de Won.

Won passou-nos os papéis fazendo negativas com a cabeça como quem sabe que está certo. Olhei as fotos e tabelas e não entendi a princípio do que se tratava. Porém, identifiquei as fotos claramente: eram imagens obtidas por um microscópio eletrônico. Uma delas era uma imagem desfocada de cristais, outra, de bactérias, ou pareciam ser.

-O que são estes papéis? - Perguntei. – E o que Won está dizendo de errado?

Sem deixar Gavin falar mais, Won pediu a palavra e começou a contar uma história muito absurda:

-O que estou dizendo é que não existe vida bacteriana em Encélado. Estes papéis comprovam isso. Mas deixe-me contar a história toda. Doutor Gavin, acalme-se, você vai entender tudo se me deixar falar.

-Prossiga Mister Won. - Gavin devolveu-lhe a palavra.

-Vocês sabem que as duas sondas da NASA que encontraram vida em Encélado eram naves gêmeas. Foram enviadas em pares para aumentar a possibilidade de sucesso no pouso, e para que cobrissem uma área maior da superfície de Encélado.

Continuou Won, enquanto ficamos com a respiração suspensa:

-Pois bem, as duas naves apresentaram um defeito nos seus sensores. O defeito de projeto era congênito, por isso ambas tinham o mesmo problema. As imagens obtidas pelos sensores eram desfocadas. Porém as imagens obtidas pareciam não deixar dúvidas que eram bactérias.

-Eu mesmo vi as imagens, - tive que interrompê-lo.

-Sim, mas você não sabia que as câmeras das naves não foram projetadas para detecção de bactérias. Não estavam lá para isso. O objetivo das mesmas era determinar a composição química dos jatos líquidos dos gêiseres. Como a NASA não esperava encontrar bactérias, não enviou sensores específicos para isso. O pessoal da ESA, a agência europeia, questionou muito as conclusões. E preparou uma sonda ela mesma para resolver a questão.

-E confirmou ser bactérias – eu completei.

O Dr. Gavin me repreendeu:

-Deixe-o terminar. - e pediu a Won que prosseguisse. Ele fez uma pausa longa, olhou-nos a cada um, direto nos olhos, respirou fundo e finalmente disse:

-O pessoal da agência europeia mentiu. Mentiu deliberadamente. Eles obtiveram imagens e dados conclusivos: a descoberta da NASA não eram bactérias.

-No entanto, divulgaram exatamente o contrário.

Ficamos atônitos. Dr. Gavin levantou da cadeira e esmurrou a mesa.

Anna levou as mãos à cabeça e não parecia se conformar.

-Como pode fazer uma acusação desta? O que mais sabe a respeito? -

Dr. Gavin queria ir fundo na questão.

-Na época da descoberta, o meu governo tinha engavetado um projeto de uma nave similar aos Voyagers. Queríamos estudar os grandes planetas:

Saturno e Júpiter. Eu estava diretamente envolvido com o projeto. Claro que assim que a NASA anunciou vida na lua próximo à Saturno, ficamos interessados em estudar as tais bactérias.

-Tocamos este projeto com prioridade máxima e a sonda fez a viagem, chegando a Saturno no último verão. Estes papéis são os resultados de nossos estudos. Não existe nenhum traço de vida lá. Nenhum. Ficamos estupefatos e intrigados. Então colocamos nossa inteligência para pesquisar o que poderia ter acontecido.

-Espiões? - perguntei ingenuamente.

Gavin fez um gesto afirmativo. E uma cara incrédula, por eu ter feito a pergunta. Won continuou:

-Não precisamos ir longe, o ex-diretor do projeto da ESA para a sonda a Encélado, confidenciou a um de nossos agentes o que havia acontecido.

Na época do achado, para não se comprometer com a mentira ele afastou-se. Ele não sabia nenhum detalhe do motivo da farsa, mas recebeu uma boa recompensa financeira da mais alta diretoria da ESA para calar-se. Os técnicos diretamente envolvidos com os dados também foram afastados.

-Também não foi difícil obter alguns detalhes das sondas gêmeas da NASA. E comparando as imagens da NASA com imagens simuladas em computador pudemos matar a questão: os cristais apresentavam uma aparência diferente sob a lente das sondas. A NASA não usou de má fé. Foi um caso de pareidolia.

Pensei imediatamente em pedir um desenho, como Peter havia me indicado num dos telefonemas. Mas ele continuou, como se a palavra "pareidolia" fosse a mais comum:

-Resumindo: não existe vida fora da Terra. Pelo menos não em Encélado.

Olhei novamente os papéis. Desta vez procurando evidências do que ele tinha dito. Tudo estava correto. Realmente sob estas novas informações, as fotos de Encélado não pareciam exatamente bactérias.

Comparei rapidamente as fotos chinesas com as da NASA. Não havia o que contestar. Minha mente já tinha sua conclusão, mas meu coração não aceitava. Por fim, me virei para Dr. Gavin com um olhar confirmativo. Foi o suficiente para que ele sentasse novamente, abaixasse a cabeça e não falasse mais nada.

Anna tomou então a palavra questionando:

-Isso não faz sentido. Porque a alta direção da ESA mentiria assim? Porque sustentar que havia mesmo vida lá? Não entendo.

-Não sabemos os motivos. - respondeu Won – Mas tenho um palpite. As verbas do programa espacial europeu dobraram após a descoberta. A sonda europeia é a única oficialmente fazendo experimentos no local da descoberta. Mas só estou especulando.

-Não é possível. - Anna olhava os papéis e olhava para mim, como quem pedia para que eu negasse o que ela, também, já não contestava mais.

Won procurou posicionar-se:

-Senhores, eu trouxe esta questão aqui a pedido de meus superiores. Eles não querem desacreditar tudo o que os cientistas espaciais têm feito há décadas. E mais, não passa pela cabeça deles um corte de verbas para o programa Constelation. Eles não querem perder a chance de levar um chinês até Marte. E perder também o contrato bilionário da nave Chinesa.

-A opinião pública americana e mundial tripudiaria sobre este grande vacilo da comunidade científica. Este sim, o maior de todos os tempos.

-Eles acreditam, e eu concordei que só será possível divulgar a verdade, se pudermos afirmar, com certeza, que em Marte também não existe vida. Ou que existe. Para isso devemos ter uma evidência tão forte que não possa ser contestada.

-Não queríamos envolver mais pessoas, isso poderia vazar. Por isso, só chamamos o diretor e vocês. Evidentemente vocês foram chamados para confirmar tecnicamente estes dados. E estou aqui sozinho, pois para todos os efeitos, os chineses não sabem de nada e foi algo que saiu de minha cabeça. Eu concordei com esta abordagem, porque estava sufocado querendo passar a informação para vocês.

Fez-se um silêncio enquanto eu ainda revisava os papéis. Tudo se encaixava e eu não pude deixar de encarar os fatos:

-Tecnicamente, está tudo correto diretor. Não tenho mais dúvidas. Encélado não tem bactérias – respondi e continuei:

-Quais são as consequências disso agora? O que vai mudar nos nossos planos?

Com uma mão coçando o queixo e a outra batucando a mesa, Gavin pensou por longos segundos. Girou a cadeira em direção à janela.

Permaneceu com um olhar distante e, enfim, ele retornou:

-Won está certo. Precisamos provar de forma irrefutável o que fizermos agora. Evidências não servem para nada diante disso. Precisaremos de provas.

-Isso aumenta demais nossa responsabilidade neste projeto. Enormemente. Teremos que redobrar nossa cautela. Ao mesmo tempo temos que tornar tudo mais transparente. O que está acontecendo na ESA, só não foi desmascarado ainda, pois aquela missão foi caixa-preta.

Ninguém fora do projeto sabia ao certo o que eles estavam fazendo, quem eram os responsáveis. A única pessoa publicamente envolvida nisso foi o diretor afastado.

-Mas como faremos isso? - indaguei – Como tornar mais claro, transparente?

-Teremos que nos expor. Divulgar tudo que está acontecendo. Divulgar todos os detalhes. Divulgar os resultados parciais. Os problemas, tudo. - continuou.

-Mas deixem comigo. Eu sou o diretor aqui, e vocês dois são engenheiros. Façam seu trabalho. Não falem sobre isso com mais ninguém. E preparem-se. A partir de agora vamos ter que divulgar tudo, tudo o que encontrarmos, em todos os detalhes.

-Infelizmente – ele refletiu – diante disso, acredito que a sonda que está a caminho de Marte não é o suficiente para confirmar o que temos lá. Teremos que ter uma abordagem mais direta.

-O que você tem em mente? - Anna perguntou.

-Independente do que encontrarmos lá, nós teremos que ir a Marte pessoalmente para confirmar. Eu terei que falar com o Presidente sobre isso.

Ficamos todos apreensivos. E a reunião encerrou-se naquele mesmo momento. Não havia mais nada a ser dito.

Na saída chamei Anna para o laboratório. Tinha que conversar sobre aquilo, a reunião não foi o suficiente para mim. Mal chegamos na sala, eu comecei a bombardeá-la:

-O que foi aquilo? Você acredita mesmo em Won?

-É a verdade. Você sabe Schumann. Por mais estranho que pareça, eu sempre vi aquelas bactérias com certa desconfiança. Foi algo instintivo. Algo estava errado, eu sentia isso.

-E quanto a Marte? Estamos perdendo nosso tempo? Não tem nenhum esporo de bactéria lá, não é?

Percebendo meu desespero, ela colocou sua mão direita sobre meu ombro, olhou-me bem nos olhos e permaneceu quieta. Parecia querer ler minha alma. Aquilo teve um impacto enorme em mim, senti meu coração disparar e minha respiração descontrolar-se. Não sei dizer o que pensei, se é que pensei algo, mas aqueles olhos castanhos e confiantes me olhavam.

Ela deu um leve sorriso, e me acalmei quase instantaneamente:

-Acalme-se Carl. Vamos saber a resposta para sua pergunta em alguns meses. - Ela apertou um pouco meu ombro enquanto dizia isso. Olho no olho, e alguma coisa aconteceu dentro de mim. Pelo que vi em seus olhos, algo aconteceu em nós. Mas, logo a seguir, em uma fração de segundo, sua atenção desviou-se para longe, ela abaixou os olhos que se tornaram turvos.

Ficou confusa, e afastou-se de mim. E pude ver a mudança, ela estava de novo tomada por uma fúria. Virou-se e quando já ia saindo, eu, num momento de reflexo, segurei sua mão e a intimei:

-O que está acontecendo doutora? Por que este comportamento estranho?

Ela hesitou. Não me olhou diretamente, sentou-se e desatou a falar.

-Se refere ao meu estado emocional descontrolado? É simples, Carl, estou à mercê das notícias que não veem. Meu marido está incomunicável a mais de um mês. Não sei o que está acontecendo e o Kremlin não parece se importar com isso. Dizem que ele está naquela guerra, em uma missão secreta, sei lá. Não aguento mais isso. Eu até estava levando bem até o último mês, trabalhando como uma condenada. Porém, agora que nos resta esperar a sonda chegar a Marte. Estou esperando o pior a cada ligação.

Ela continuou falando e desabafando. Parecia que não tinha mais ninguém para ouvi-la. Falou sobre seus temores com a guerra, e como cada telefonema era uma tortura. E como não podia ficar um minuto sem fazer alguma coisa. E quanto à noite, sozinha em casa, era o pior. Só sabia chorar e quase não conseguia mais dormir.

Aquilo explicava tudo. Quem poderia viver tranquilamente e trabalhar tendo um pesadelo destes?

-Carl, eu não deveria dizer estas coisas para você. Não queria te envolver em meus problemas, você não tem nada com isso. Mas eu precisava falar. Isso estava me matando por dentro. Estava ficando doente.

-Doutora, às vezes nós devemos simplesmente contar com as pessoas. Eu não sou muito bom com amizades. Não sei direito o que fazer para cultivá-las. Normalmente eu estrago tudo. Mas se precisar de um amigo, conte comigo. Eu sou bom ouvinte.

Novamente ela me olhou. Com ternura desta vez. E novamente, depois de alguns instantes, sua atenção foi para outro lugar. E, minha proposta em vez de fazer ela se acalmar, fez ela se agitar ainda mais. Ela levantou-se, e se afastou mais rápido desta vez. E com uma perturbação clara na voz disse, sem me olhar:

-Somos profissionais aqui, Carl. Não devemos confundir as coisas. Não devo mais falar sobre isso contigo. Esqueça. Esqueça.

Saiu da sala enquanto falava. Eu, desta vez, não reagi. Fiquei apenas sentado, um tanto desapontado.

Como disse a ela, eu costumava estragar tudo. E parecia que tinha dito algo que tivera este exato efeito.

Doutor Gavin, viajou para Washington naquela semana. Provavelmente teria que falar pessoalmente com o Presidente sobre o caso de Encélado.

Teríamos que aguardar as decisões para determinar o que faríamos a seguir.

Enquanto isso, nas semanas seguintes, eu trabalhei com Cláudio nos sistemas e programas para analisar os dados que seriam colhidos pela Phoenix. Tivemos tão pouco tempo para preparar a máquina, que ainda restava muito a fazer para os sistemas em terra.

Anna, por sua vez, isolou-se ainda mais. Minhas tentativas de aproximação foram infrutíferas. Ela se esquivava sempre. Até que eu percebi que ela precisava de espaço e não insisti mais.

Eu não podia parar de pensar em seu sofrimento e em minha total incapacidade de fazer qualquer coisa para diminuí-lo.

Até que, numa manhã ensolarada, recebi um telefonema do Dr. Reynaud informando que ela viajaria para Moscou naquele mesmo dia e retornaria em algumas semanas. Mal tive tempo para despedir-me.

9 TEMPO DE MORRER E TEMPO DE NASCER

Figura 9: Lançamento da Viking 1. (1975). Crédito: Kennedy Space Center (KSC)

Logo ficamos todos sabendo o motivo da viagem de Anna: seu marido, Boris, morreu em combate. Nenhum detalhe a respeito foi divulgado, como acontece em muitas guerras. O corpo foi levado da Tchetchena até Moscou em um caixão lacrado. A nota de falecimento dizia que ele fora enterrado no cemitério Novodevichy. E seu túmulo ficara próximo do de Nikita

Khrushchev.

Fiquei com o coração partido por ela. Naquela última conversa que tivemos, pude perceber claramente o quanto ela estava sofrendo. Imaginei porém, que esta definição sobre o que havia acontecido com o marido, de certa forma, lhe traria algum alívio. Talvez trouxesse sentimentos contraditórios de dor e alívio.

Ela ficou afastada por quatro semanas. O ambiente no laboratório não era dos melhores. Um recorrente murmurinho rodava pelos corredores, sobre a visita de Won e o sumiço de Anna e também Gavin. Won retornou à China imediatamente para finalizar a preparação do lançamento da Phoenix.

Todos especulavam a respeito do teor daquela reunião que tivemos.

Não era segredo nenhum que uma reunião com o diretor Gavin era sempre seguida de mudanças estruturais nos rumos dos projetos.

Num dia atribulado, Cláudio procurou-me para tentar arrancar algum detalhe. Porém eu fui claro quanto ao nível de segurança das informações daquela reunião. Ele sabia bem o que isso queria dizer.

Aquele dia foi muito cansativo. Além de ter de responder aos questionamentos de Cláudio, estava revendo os relatórios com os resultados estatísticos da sonda. Tentava me convencer que ela seria suficiente para confirmar a vida em Marte. Sentei em meu sofá e os papéis começaram a ficar cada vez mais confusos. Acomodei-me melhor e devo ter dormido. Meus pensamentos iam até Moscou e eu tentava imaginar uma maneira de atenuar o sofrimento de Anna.

Com o laboratório envolvido por uma penumbra e meus olhos pesados, notei alguém entrando na sala. Não consegui vê-la corretamente, mas aproximou-se e pude perceber seus olhos castanhos. Sentia-me amarrado ao sofá, uma sensação estranha, mas familiar. Sem dizer uma palavra ela tocou meus lábios de leve com seus dedos longos, e meu corpo reagiu. Mas não consegui me mexer. Agarrando meu pescoço, ela beijou-me os lábios com desejo, e entrei em um êxtase com aquele sabor doce e quente em minha boca. Parecia que flutuava no ar. Mas nada era bem definido. E na ânsia de agarrá-la tentei me mover. Mas algo parecia me manter imóvel. Fiz um esforço enorme para alcançá-la e acabei acordando.

Era apenas um sonho.

E ela era Anna.

Fiquei perturbado demais. Comecei a repensar sobre meus sentimentos para com ela, e percebi que não era apenas uma amizade sincera o que eu esperava. Senti-me culpado e confuso por nutrir este sentimento naquele momento em que ela estava tão frágil.

Recolhi os papéis do chão e procurei me concentrar em outra coisa.

Afinal neste momento ela estava do outro lado do mundo velando seu marido.

Tinha que me ocupar daquela especulação que começou a aumentar no laboratório. Porém, nos dias seguintes ela logo deu lugar a uma grande ansiedade. O dia do lançamento de nossa sonda aproximava-se e todos esqueceram a tal reunião.

Um pequeno atraso na integração da nossa sonda ao foguete chinês adiou em algumas semanas o lançamento da Phoenix. Assim, com duas semanas de atraso, viajamos, eu e Dr. Reynaud, para a província de Sichuan, na China, para acompanhar o lançamento pessoalmente.

Chegamos a tempo de rever a sonda, já fixada no foguete. Won recebeu-nos com entusiasmo e com sua simpática humildade.

Era um dia ensolarado e pudemos acompanhar junto a outras autoridades a contagem regressiva. Os motores do foguete entraram em ignição: um forte barulho e leve tremor tomaram conta do bunker onde estávamos. Era possível ver a parte inferior do foguete acender em chamas.

Naquele instante alguém me tocou nos ombros por atrás. Eu girei num susto e quando focalizei aquela face, reconheci aqueles olhos castanhos.

-Olá, camarada! - Anna não disse mais nada, somente deu um sorriso amarelo.

-Eu sinto muito por tudo, doutora. - e veio-me à memória aquele beijo de meu sonho, porém me calei, já que não adiantava mais falar, o barulho do foguete virou um estrondo absurdo, fazendo-nos levar as mãos aos ouvidos e nos virar para ver o lançamento.

Ela vestia um vestido preto, ainda em luto. E o preto caia-lhe muito bem. Estava lindíssima.

O foguete partiu da base de lançamento Xichang rumo a Marte. Eu, Anna, Reynaud e Won observamos o lançamento e nos olhamos com a esperança que aquela sonda respondesse as nossas dúvidas. Assim que o estrondo passou, ela virou-se para mim e disse:

-Eu estou bem Carl. Não se preocupe. E pare de me chamar de doutora, por favor. Anna. É assim que deve me chamar agora.

-Está bem dout… - quase errei, e sorrindo corrigi-me – Anna. Seja bem-vinda de volta à equipe!

Conversamos um pouco sobre amenidades e sobre o que chamamos falha de Encélado. Procurei não falar sobre o seu marido, melhor deixar a ferida cicatrizar. Ela pareceu-me mais relaxada e leve.

Depois do lançamento retornamos à Califórnia, ao JPL. Reynaud chamou-nos para contar as novidades. O Diretor Gavin deixou a ele a incumbência de transmitir os próximos passos de nossa tarefa, uma vez que continuava em Washington.

-Senhores, eu tenho novidades de Washington. É desejo do Presidente que nós façamos o que Won nos propôs. Seguiremos os planos conforme o combinado: mais transparência e nosso pessoal em Marte o quanto antes.

-Ele entrou em contato com os responsáveis da ESA e com o governo chinês e o russo. Estão todos cientes da nova situação e estão tentando entrar em acordo sobre a forma como divulgarão a falha em Encélado.

De qualquer maneira, temos sinal verde para acelerar o programa para levar humanos para Marte, para que o tamanho do estrago seja menor. Ainda não decidiram se divulgam antes ou depois da viagem.

-Fecharam também alguns detalhes sobre a viagem. Como sabem, a nave para Marte tem lugar para seis tripulantes. Teremos então: uma cadeira para os chineses, uma para os russos, uma para um representante da ESA e uma cadeira para americanos. As duas restantes serão da equipe técnica do voo: o comandante e o piloto.

-Os representantes russo e chinês já foram definidos: Doutora Anna Ivanova e Liwei Won. Os franceses, pela ESA estão propondo o nome da Dra. Claire Sophie. Ela participou de vários voos para a Estação Espacial. E está na fila para um voo para a Lua.

-Dr. Schumann, você é nosso candidato para a vaga americana. Basta aceitar a incumbência.

Eu não sabia o que dizer. Fiquei olhando para ele com aquele olhar incrédulo. Anna me olhava com um sorriso. E disse sem pensar:

-Não vai se ver livre de mim, nos próximos anos!

Todos rimos da brincadeira que foi ótima para quebrar o gelo.

-Se não temos objeções, então vão preparar as malas. Farão o treinamento padrão para astronautas. Schumann, Ivanova e Won, irão para Houston, Texas, no centro de treinamento Johnson Space Center. Depois dos exames médicos iniciais, serão apresentados à imprensa, em uma coletiva. O Presidente pretende fazer um discurso apresentando o projeto.

-O treinamento dura dois anos. Farão uma pausa ao final de seis meses quando retornarão para analisar os resultados da nave Phoenix 2. E dependendo do resultado prosseguiremos o cronograma. Ainda teremos mais uma fase de treinamento com os equipamentos que estão sendo desenvolvidos. Por fim, será preciso também treinar com o equipamento Russo, na Star City.

Won interrompeu-o:

-O treinamento com o equipamento chinês poderá ser realizado na Rússia também. Temos muitos módulos comuns, e eu levarei o material para estudarmos as diferenças de forma simultânea. Não teremos nenhuma dificuldade em relação a isso.

Era quase palpável a eletricidade que tomou conta do ar naquela sala.

Todos apreensivos e ansiosos pelos acontecimentos que viriam.

10 LANÇANDO O DESAFIO

Figura 10: Presidente Nixon visita JSC com equipe da Apollo 13. (1970). Crédito: NASA Johnson Space Center

Finalmente começamos o treinamento para nos tornar astronautas. A bateria de testes físicos iniciais foi algo bem mais simples que eu imaginava.

Exames clínicos comuns, um teste ergométrico em esteira, e uma tomografia completa. Todos gozávamos de perfeita saúde.

Pelo menos, saúde física. Quanto à saúde psicológica, bem, essa era outra história. Mas teríamos tempo para lidar com isso.

A primeira semana em Houston foi de grande animação e agitação.

Conhecemos o local onde viveríamos os próximos dias, nossos novos instrutores e toda a infraestrutura de treinamento.

O Presidente chegou no fim de semana seguinte e foi preparada uma coletiva de imprensa onde ele divulgaria os termos da missão e nos apresentar. Seu discurso foi realmente inspirador, embora não todo verdadeiro. Era um dia de Sol e estávamos em um palco armado próximo a um dos lagos. As câmeras de todas as emissoras estavam lá presentes:

-Senhoras e senhores cidadãos deste país. Todos os presentes sabem que nós estamos nos preparando para uma nova conquista espacial. Desde o grande desafio de Kennedy para levarmos o homem à Lua, não tivemos momentos tão especiais. Momentos especiais e desafiadores.

-Eu era apenas um garotinho quando Armstrong disse aquelas palavras grandiosas: "Um pequeno passo para um Homem e Um grande passo para Humanidade". Mas hoje é preciso um passo ainda maior. Chegou a hora de irmos mais longe. Conquistarmos e fincar nossos pés em um novo destino.

-A motivação para a conquista da Lua, pode até ter sido uma guerra fria, e uma corrida sem sentido. Porém, hoje somos todos aliados. Estão conosco representantes de todas as nações com tecnologia espacial.

-Estes mais de 50 anos sem visitarmos nossa companheira mais próxima, não representaram de forma alguma um atraso. Foi como uma inspiração antes do mergulho em águas mais profundas.

-Precisávamos dominar novas técnicas. Viver sem a gravidade é ainda um desafio. Mas estamos aprendendo.

-No próximo mês realizaremos uma nova visita a Lua. Seis de nossos melhores homens e mulheres pisarão novamente naquele terreno poeirento.

-Mas desta vez isso será apenas um passo. Após ele iremos mais longe. Daremos o passo seguinte: Nós iremos a outro planeta.

-Estamos aqui, reunidos neste dia ensolarado, nesta tarde, para anunciar que a humanidade terá representantes pisando em Marte antes do fim da década! Nós o faremos.

Todos de pé ovacionavam o Presidente com uma calorosa salva de palmas. Ele fez um sinal para que parassem e prosseguiu:

-Queria lembrar a descoberta de Encélado. Esta pequena lua de Saturno, antes desconhecida de quase todos, tornou-se um lugar especial. Continuamos estudando todos os dados das sondas gêmeas. E novas informações podem aparecer ainda.

-Marte pode se tornar ainda mais especial. Com o que temos hoje de tecnologia, não podemos ainda ir visitar Encélado com nosso pessoal. Mas Marte está ali, próximo, possível. É o pássaro na mão.

-Gostaria de apresenta-lhes as pessoas que realizarão este feito grandioso. Cada uma delas tem uma participação importantíssima na missão.

Levantamos os seis, e o Presidente nos apresentou:

-Estes são os representantes das nações amigas, que estão partilhando conosco deste momento mágico:

-Mister Liwei Won, engenheiro espacial, responsável pela navegação, engenharia e pela participação chinesa no projeto;

-Doutora Claire Sophie, astronauta e engenheira, representando a agência europeia;

-Doutora Anna Ivanova, bioengenheira, participante da nação russa, realizará os experimentos mais importantes junto com o representante americano:

-Doutor Carl Schumann, biólogo, responsável pelos equipamentos e experimentos para a detecção de vida em Marte.

Não consegui me conter diante da apresentação. Minha emoção foi muito grande. Finalmente senti o peso da responsabilidade em minhas costas. Por sorte, eu não diria nada, pois com certeza, gaguejaria.

-Por fim, quero apresentar dois de nossos melhores astronautas, respectivamente Comandante e Piloto da nave:

-Capitão Jayson Palmer e John Albert.

-Devo informar que ambos também estão escalados para o primeiro voo para Lua do projeto Constelation, que será realizado daqui alguns meses.

Neste momento o público aplaudiu ainda mais e os flashes das câmeras não paravam de ofuscar nossos olhos.

Bem ao meu lado, o Capitão Palmer sussurrou sorrindo muito:

-O discurso do Kennedy foi muito melhor que esta porcaria. Não conseguiu sequer uma frase de efeito?! - bateu no meu ombro e continuou acenando com entusiasmo para os fotógrafos.

O Presidente nos cumprimentou um a um posando para fotos e saiu de lá sem demora em seu helicóptero presidencial.

Fiz mentalmente as contas, e percebi que o Presidente nos deu apenas quatro anos para visitarmos Marte.

Aquele momento, naquela mesa, seria a última vez que nos encontraríamos até a fase final do treinamento. Palmer, John Albert e Claire não iriam participar do treinamento básico conosco, uma vez que já o tinham realizado. Eu, Anna e Mister Won permanecemos em Houston, enquanto os outros se preparavam para o seu voo até a Lua. Nos despedimos e cada um seguiu seu rumo.

Nosso treinamento básico foi realizado junto com uma turma normal do processo de formação da NASA. Evidentemente éramos motivo de curiosidade nos primeiros dias. Mas logo todos se acostumaram conosco.

O curso iniciou com muito estudo teórico, onde aprendíamos ciência, matemática, e muito sobre a tecnologia espacial. Estudamos os efeitos da falta de gravidade no organismo e o que deveríamos fazer para combater estes problemas.

Basicamente estudávamos em salas de aulas comuns durante grande parte do dia, e no fim da tarde realizávamos uma série de exercícios físicos para estarmos preparados para a viagem.

Não conseguimos manter contato direto entre nós três, devido à intensa carga de treinamento. Na verdade, eu mal consegui trocar duas ou três palavras com Anna durante estes seis meses. Eu a observava de longe e via o quanto ainda guardava seu luto. Uma tristeza sem fim tomava conta de seu semblante durante o tempo todo.

O Dr. Peter Martin continuava ligando para saber das novidades. Era reconfortante ouvir sua voz amiga e poder discutir o andamento do treinamento e expor minhas dúvidas e preocupações.

Iniciamos também o tratamento com um psicoterapeuta. Eu achei muito difícil falar sobre mim e minhas neuroses. Eu nunca havia feito terapia e para mim parecia algo totalmente inútil.

Os seis meses passaram voando e terminamos esta fase do treinamento com ótimo rendimento e prontos para voltar à Califórnia e colocar a sonda Phoenix 2 para funcionar.

Durante o último mês antes de retornarmos, ficou claro que se para mim a terapia foi inútil, para Anna foi muito diferente: ela foi livrando-se da dor e da mágoa, e pareceu outra pessoa no retorno ao JPL.

Porém ela permanecia resistente à minha aproximação. E ficou claro que era algo pessoal, já que ela e Mister Won tornaram-se bons amigos.

Muitas vezes no ginásio de esportes observei os dois conversando e sorrindo, enquanto se exercitavam na esteira. Confesso que não fiquei nada contente com isso. Meu coração parecia queimar-se ao vê-los juntos.

Ainda teríamos muito tempo de treinamento pela frente. Mas os seis meses de viagem da Phoenix até Marte já tinham passado e teríamos que analisar os seus resultados.

Voltamos ao JPL, em Pasadena, Califórnia para os momentos mais decisivos para o projeto até aquele ponto. Nossa sonda seria posta à prova e poderíamos ver o resultado de nosso trabalho.

11 O POUSO DA PHOENIX

Figura 11: Concepção Artística do pouso da sonda Phoenix em Marte. (2008)
Crédito: NASA Mars Collection

No centro de controle no JPL, acompanhávamos atentamente o momento do pouso da sonda. Dezenas de técnicos seguiam cada uma das fases do pouso de seus terminais, enquanto eu, Anna, Gavin, Reynaud e Won estávamos de pé no fundo da sala.

A sala de controle tinha o formato de uma rampa descendente e na parede da frente um grande telão apresentava várias informações e gráficos.

Várias fileiras de mesas com telas de computadores estavam ocupadas por técnicos e engenheiros, cada um com suas atribuições e sua face tensa e concentrada. A decoração era toda em um azul berrante com alguns logotipos espalhados.

Nós olhávamos tudo por cima dos ombros dos engenheiros enquanto ouvíamos as informações de um dos técnicos, responsável pela integração dos dados. Ele narrava cada uma das atividades com um entusiasmo crescente conforme os passos eram realizados.

-Ativação dos retrofoguetes, detectado;

Esta era a primeira ação: os retrofoguetes ativos provocavam a frenagem da nave que estava em órbita de Marte. A nave perderia altura e o atrito com a pequena atmosfera geraria um círculo vicioso.

-Cinco minutos para contato;

-Velocidade diminuindo em cinquenta por cento;

-Eliminação das amarrações, detectado;

-Ativar segundo nível de retrofoguetes, detectado; A cada ação uma comemoração ainda tímida se ouvia. Gavin com os punhos serrados socava o ar impaciente. Anna permanecia sentada com a mão direita apoiando o queixo, com um olhar desdenhoso e em completo tédio. Achei aquilo estranhíssimo, porém meu nervosismo era tanto, que na hora nem pensei muito a respeito.

-Cinquenta metros e diminuindo;

-Paraquedas acionados, abertura detectada;

Esta ação arrancou palmas e alguns gritos mais efusivos;

-Um minuto para o contato;

-Trinta metros;

-Eliminação da capa de proteção, detectado;

-Acionar laser para medida de aproximação, detectado;

-Quinze metros;

-Remover proteção de trem de pouso, detectado;

-Dez metros;

-Acionar trem de pouso. .

Um grande silvo agudo, seguido de apitos intermitentes como de um monitor cardíaco tomou conta da sala. Um sinal laranja piscou no telão em nossa frente. Todos levantaram os olhos para o telão. Gavin virou-se para um dos engenheiros que não tirou os olhos de seu monitor.

-Problemas com o trem de pouso, detectados;

-Cinco metros;

-Quatro metros;

Doutor Gavin, começou a gesticular enquanto berrava tentando ser ouvido pelo rádio. Eu toquei seu ombro para descobrir o que havia. Num gesto ele me afastou sem nem mesmo me olhar.

-Novo acionamento do trem de pouso. .

-Problemas com o trem, detectados;

-Três metros;

-Dois;

-Dois e meio;

-Dois;

-Um e meio;

-Contato;

Todos fizeram um silêncio tenebroso. Somente o som do apito cortava a sala. Aguardamos os segundos seguintes até a definição. Eu levei minhas mãos ao rosto, torcendo pelo melhor. O sinal do rádio do responsável pela integração foi acionado e a resposta veio rápida:

-Sinais da sonda perdidos;

No mesmo instante o apito parou e o sinal laranja na tela mudou para vermelho. Uma exclamação de espanto e decepção ecoou pela sala.

Gavin arrancou o rádio e lançou no chão em um acesso de raiva.

-Perdemos todos os sinais de rádio;

-Sonda destruída no pouso. - e o técnico desligou seu rádio definitivamente.

Eu permaneci de pé por vários segundos. Um milhar de pensamentos desordenados tomou conta de meu cérebro. O chão sumiu embaixo de mim e eu senti minhas pernas tremendo. Sentei-me e não consegui ver nada ao meu redor.

Não sei quanto tempo fiquei ali desligado de tudo. Porém assim que me recobrei, olhei para os lados e tentei entender o que havia acontecido. Três anos do meu trabalho foram destruídos em uma fração de segundo. Nossas esperanças de termos nossas respostas imediatamente, foram frustradas.

Anna continuava impassível. A mão direita apoiando o queixo e o olhar entediado. Levantei-me indo em sua direção:

-O que há com você Anna? Não percebe o que acaba de acontecer? - eu disse em um acesso de fúria.

-Você é que não percebe Schumann. Você é que não percebe. . - disse em um tom calmo e com autoridade. E ela deixou a sala sem nem mesmo olhar para trás. Andando devagar, como que me provocando.

Mister Won percebeu meu abatimento e me chamou para fora, enquanto todos na sala discutiam e recebiam ordens de Gavin para rever a telemetria e tentar descobrir o que havia acontecido.

Eu segui Won desanimado. E nem percebi que ele também estava tranquilo e seguro. No corredor ele começou a falar. Só depois dele dizer várias palavras eu comecei a realmente a ouvi-lo:

-. . e não esperávamos nada diferente disso. Acha que quatro meses é o suficiente para um projeto desta complexidade? Pior: fizeram as escolhas erradas.

-Do que você está falando? Quem esperava este resultado?

-Eu esperava por isso. Anna também. Ela já participou do lançamento e pouso de outras sondas antes. Ela sabe que o pouso em Marte é traiçoeiro. Esta era uma sonda barata e de alto risco. Você ainda não tem experiência nesta área. Vai acostumar com as perdas.

-Espere aí, Won. E quanto a nós? Nosso pouso lá terá tantos riscos assim? Também poderemos nos espatifar no solo de Marte?

Won me olhou totalmente incrédulo.

-Carl. Você não entende mesmo não é? Nosso voo para Marte é quase um suicídio! Temos pouca chance de voltarmos com vida. Não acredito que você não tinha esta noção. -Ele falava e balançava a cabeça negativamente.

Eu senti minhas pernas novamente falharem. Ele percebeu e me apoiou e levou até um bebedouro onde me deu um pouco d'água.

-Não queria te assustar Carl. Mas, você sabe, ainda está em tempo de desistir. Você pode.

Desistir, este pensamento cruzou minha cabeça naquele instante. No entanto, eu respondi:

-Não vou desistir. –e uma onda de coragem, ou idiotice, tomou conta de mim e me senti forte para enfrentar o medo que me paralisou. -Estaremos juntos em Marte, Won. Nem que seja para espatifarmos naquele monte de poeira vermelha.

Ele sorriu confiante:

-Só espero que este problema não atrase demais nossa missão.

Ficamos na Califórnia somente poucos dias após o acidente. O tempo suficiente para sabermos a causa: um dos sistemas de acionamento do trem de pouso falhou, causando o travamento dos outros. O impacto da sonda diretamente sobre o solo, apesar da pouca velocidade, deve ter causado o desligamento do equipamento.

A reação fria de Anna durante o pouso deixou-me irritado com ela. Eu não conseguia nem olhar para ela sem que uma raiva enorme me dominasse e fizesse afastar-me o mais rápido possível.

Uma raiva crescente tomava conta de mim, e piorava a cada vez que via ela e Won sorridentes pelos corredores do Laboratório.

Por fim, voltamos para Houston, para prosseguir com os treinamentos.

Gavin ficou de determinar o que faríamos a respeito: se lançaríamos uma nova sonda, ou nos arriscaríamos a uma viagem ao planeta Marte sem os dados conclusivos. Provavelmente a meta de irmos até a fim da década, ou não seria alcançada, ou teríamos que desistir de uma sonda.

12 CHOQUE DE VERDADE

Figura 12: KTC-135 Stratotanker, chamada de Cometa Vômito. (1958) Crédito: NASA Dryden Flight Research Center (NASA-DFRC)

Os treinamentos prosseguiram nos meses seguintes. Os exercícios físicos constantes, tornaram-me forte como nunca fui em minha vida.

Ganhei massa muscular, melhorei minha postura. E também foi muito bom para minha autoestima.

Não só eu, mas Won e Anna ficaram mais e mais fortes. Anna ganhou formas mais esbeltas, mas permanecendo com sua silhueta bem definida.

Estávamos no auge físico.

Já tínhamos passado por todos os estudos básicos e então, começamos alguns dos treinos mais pesados e complicados.

Entre eles, um que me causou mais transtornos foi os voos no "Cometa Vômito": um avião McDonnell Douglas Skytrain preparado pela NASA para simular microgravidade. Voando em parábolas a mais de nove mil metros de altitude, conseguíam obter em torno de trinta segundos de ausência de peso no topo da parábola.

Assim podíamos treinar como andar, mover-se e quais as sensações da falta de peso. Por outro lado durante a subida da parábola, apresentávamos um peso bem maior que o normal. Nossos labirintos ficaram doidos e meu primeiro voo foi algo horroroso. Perdi a conta quantas vezes eu pessoalmente justifiquei o apelido nojento do avião. Nem foram necessárias as dezenas de parábolas. A primeira parábola já trouxe aquelas sensações em meu organismo: calor, suor, mãos geladas, arrepio nas costas. Acho que na segunda ou terceira já estava me arrastando para o fundo da nave, para meu acento.

Nem consegui ver como se saíram meus colegas de curso. Eu estava em um estado deplorável.

Porém isso foi somente no primeiro voo. Depois de uma conversa em terra com os coordenadores dos testes, e alguns conselhos, pude voar com tranquilidade.

Outro treino realmente complicado foi a Cadeira Giratória. Este tinha objetivo específico treinar nosso controle sobre as informações conflitantes que receberíamos por nosso Sistema Vestibular.

Colocaram-me na cadeira, prenderam-me com cintos de segurança e instalaram um conjunto de eletrodos em meu peito, para acompanhamento cardíaco. Entregaram-me uma toalha, para o caso de eu ter problemas.

Explicaram-me novamente o procedimento e ligaram a máquina.

A cadeira começou a girar. A cada dezena de segundos uma buzina tocava e eu deveria reposicionar minha cabeça: ora para baixo como que olhando as coxas, ora para cima. Tudo isso com os olhos bem fechados.

Eu perdi completamente a noção de direção bem rápido. E as buzinadas ficaram cada vez mais rápidas, e a cadeira girando mais e mais.

Quando finalmente parou, permaneci ainda algum tempo sentado, tentando me reorganizar. Ao sair da cadeira tentei ficar de pé, mas tudo continuou girando em todas as direções. Depois de dois ou três minutos, finalmente consegui sair dali.

Estes e outros testes físicos foram realizados naqueles meses seguintes.

Eu acreditava que não teria nada pior para passar. No entanto, o treino seguinte foi o que me causou maior impacto.

Naquela manhã um helicóptero nos levou até um navio próximo à entrada da Baía Galveston. Pudemos ver a passagem da Ilha Pelicano à direita e o Porto Bolívar à esquerda. Não nos avisaram o que faríamos.

Pousamos no heliporto do navio que seguiu em direção ao alto mar.

Fomos orientados a permanecer em silêncio até nova ordem. Deslocamos nos por trinta ou quarenta minutos. Pediram que retirássemos os relógios, celulares e todos os equipamentos eletrônicos. Conduziram-nos depois ao convés e a uma pequena lancha que foi içada até o mar.

Quando o motor da lancha foi ligado, e começamos a nos mover, observei à frente a torre de um submarino. Instintivamente me agarrei com força no meu acento, já me adiantando a próxima movimentação.

A lancha foi atracada ao submarino e entramos pela escotilha. Não parecia um grande submarino. Tentei perguntar algo para a tripulação, porém eles pediram silêncio. Fomos conduzidos pelas entranhas da máquina até uma nova escotilha interna por onde entramos em um aposento fechado.

Uma enfermeira veio até nós e instalou eletrodos e sensores biométricos.

Estávamos eu, Won e Anna. A enfermeira passou um papel, saiu e a seguir trancou-nos.

No papel li as instruções de como obter comida e como obter a lista de atividades diárias. Passei aos meus companheiros que leram com atenção.

Won, logo percebeu:

-Como saberemos o horário, não temos nenhuma referência aqui?

-Comer quanto tiver fome, dormir quanto tiver sono e se exercitar enquanto não tivermos exaurido. - Anna disse de forma pragmática. - Acho que vai ser bem divertido.

Conseguiu me irritar novamente.

Começamos a nos exercitar naquele mesmo momento. Eu permaneci calado por todo o primeiro dia.

Anna e Won conversavam sobre a viagem e o confinamento:

-Anna, você está preparada para permanecer enjaulada durante mais de dois anos? – Won falava para ela de forma debochada e sorridente.

-Claro que sim, Won, eu estou preparada para tudo. E você também deve estar preparado, afinal passou enjaulado muito tempo em seu país.

-Não conhece nossa realidade, senhora. Vivi todos os dias na China sem sentir o peso da ditadura. Nosso regime nunca foi um empecilho para mim.

-Fale sobre isso então, fale sobre seu país Won. Sobre sua juventude. – Anna aproximou-se para ouvir. Ao mesmo tempo eu comecei a prestar mais atenção à conversa.

-Minha família vivia em uma fazenda de arroz em Haikou. A vida era muito dura. Já viu como é uma plantação de arroz? –Won perguntou.

-Vi em um documentário, não pessoalmente – ela respondeu.

-Pois é muito duro. Trabalhávamos de sol a sol. Quase o ano todo. E não tínhamos para nada. As plantações encharcadas são muito lindas. Mas na hora da colheita manual ficávamos com os pés molhados o dia todo. Não era raro um de nós adoecer e comprometer o ritmo da colheita.

-Meu pai era um sonhador. Ele queria me levar para a nova China. Tínhamos notícia das grandes cidades. O quanto o país estava mudando. Eram tempos difíceis, mas cheios de esperança.

-E como você saiu de lá? – perguntei envolvido com a história.

-Não saí de lá! Na verdade começaram estudos para a implantação de um Centro Espacial na ilha de Hainan, onde ficava minha cidade. Seria um local de lançamento dos projetos mais novos. Meu pai candidatou-se pra trabalhar na construção.

Não foi fácil ver mais de seis mil pessoas serem deslocadas de lugar para a construção. Acabei estudando nas escolas do Centro de Lançamento e me destacando muito. O resto é história.

-Que coisa. Você nasceu no lugar certo então. – Anna destacou.

-Mais importante: eu estava preparado. – ele discordou. – E você Anna, como veio parar neste projeto?

-Eu fui educada para a alta sociedade de Moscou. Meu avô era cientista e no fim da carreira se tornou um figurão do partido comunista. Com o fim da União Soviética, ele recebeu a concessão de exploração de uma indústria de aço. Rapidamente ele fez fortuna e meu pai praticamente recebeu um império de herança.

-Incrível, nunca imaginei que você era herdeira de um império do aço! – retrucou Won – Isso explica algumas coisas.

-Explica o que, meu amigo? Do que está falando?

-Anna, Anna. Não sabe que seus gestos e modo de andar são sinais claros de seu requinte?

-Não diga isso, Won. – ela enrubesceu.

-Claro que não explica seu modo rude ao falar. – eu dei meu pitaco.

Ela irritou-se e não deu ouvidos ao que disse. E continuou:

-Apesar de sempre desprezar este dinheiro sujo, devo agradecer a ele pelas oportunidades que tive de me educar.

-Você estudou em Moscou não é? – eu perguntei.

-Universidade de Moscou. Assim que me formei, pude finalmente deixar aquele ambiente aristocrático que me consumia por dentro. Casei-me com Boris e fui viver com ele em São Petersburgo. – ela logo percebeu o que estava falando e as lembranças quase a levaram às lágrimas.

Won interveio:

-Está tudo bem Anna. Ainda é recente. Mudemos de assunto, não era intenção te chatear.

-Não é isso. – ela continuou – Com certeza os anos que passamos em Petersburgo foram meus anos mais felizes.

-Não foi muito tempo não é? – ele perguntou.

-Um ano e meio. Depois ele foi convocado para a guerra pela primeira vez. E nunca mais passamos nenhum mês inteiro juntos.

-Eu sinto muito. - Won tentava consolá-la.

Eu observava o semblante de Anna com atenção. E seus olhos tristes me tocavam. Senti um impulso de pegá-la no colo e abraçá-la e enxugar todas suas lágrimas.

Ela balançou a cabeça e continuou:

-Já chorei demais. Chega disso. Quando ele foi para a guerra, pude retomar meus estudos. Consegui uma bolsa na universidade da Califórnia.

Fiz o mestrado e doutorado.

-E não conseguiu aprender o inglês direito. – eu disse, brincando.

-O que tem de errado com meu inglês afinal? Você vive reclamando. Por que não tenta falar um pouco de russo para variar? – ela irritou-se.

-Eu poderia falar russo, Anna. Só que estamos nos Estados Unidos agora.

-Estamos nada. Você nem tem ideia de onde estamos. Provavelmente em águas internacionais, senhor Schumann.

-Sob jurisdição americana, doutora.

-O que há com vocês? – cortou-nos Mister Won.

-O que há com vocês, digo eu! – falei mais alto. E prossegui. – Que tipo de reação foi aquela na Califórnia? Não se importam com o que estamos fazendo?

Fiquei possesso. Queria fazê-los entender como tudo tinha ido por água abaixo.

-Como podem seguir sorridentes e tranquilos com nossa sonda destruída daquela maneira? – continuei já aos berros.

-Pare com isso, Carl. – Anna interrompeu-me – Acalme-se.

-Como posso acalmar-me, se vocês me provocam o tempo inteiro?

-Do que está falando? – Won respondeu.

-Esqueçam. . Deixem-me só. – e me afastei no canto da sala.

Foi patético. Uma saleta com pouco mais de quatro metros quadrados.

Eu encostado em um canto. Ela e Won ficaram quietos e tentavam pensar no que eu tinha dito.

Ficamos quietos durante um longo tempo. Até que eu comecei a rir da situação. Um riso descontrolado e contagiante. Logo os dois também estavam rindo. Quando a tensão foi toda descarregada. Eu pedi desculpas:

-Desculpem-me. Eu me descontrolei.

-É para treinarmos isso que estamos aqui. – disse Won.

-Acho que eu não passei. – respondi.

-Não seria o primeiro a ficar um pouco nervoso nesta sala – Anna tentando diminuir. – Eu também me exaltei.

-Teremos momentos mais tensos que isso na viagem não é? – indaguei.

E Won emendou:

-Claro que sim, Schumann. Teremos momentos bem mais tensos. E o trabalho em equipe conta muito para superarmos. Mas superaremos a medida que tivermos confiança um no outro.

Eu pensei sobre isso. Sobre confiança. Tomei coragem e perguntei diretamente:

-Anna. Você tem me evitado. O que aconteceu? Você poderia me explicar?

Ela abaixou a cabeça, e ficou constrangida. Pensou um pouco e então ergueu a cabeça e disse com todas as letras:

-Devemos ser honestos um com o outro, Carl. Temos um projeto pela frente, uma meta bem ousada. Mas você também sabe que nós dois temos nos envolvido mais do que o desejável, não é? Não percebe que este sentimento que temos não deve ser alimentado? Pelo menos não antes de retornarmos de Marte?

Desta vez fui eu quem me constrangi. Won, percebendo a situação, rebateu:

-Tenho sido um confidente para ela, Carl. E acho que devem aproveitar o momento e definirem-se.

Eu não consegui pensar direito e perguntei:

-Se é assim. Se está envolvendo-se, como eu estou, por que está me desprezando?

-Não é nada disso, Carl. Estou tentando me proteger, te proteger. Evitá-lo não tem nada de agradável. Mas temos que fazer.

-Como podemos nos evitar, se estaremos todos os dias juntos durante anos, nestas gaiolas? – Questionei-a.

Ela pensou. E com sofrimento encontrou uma resposta:

-Talvez um de nós deva desistir da viagem.

Novamente um silêncio perturbador consumiu-nos.

-Estou com fome. Vamos comer – eu propus.

-Concordo. – Anna concluiu.

Comemos em silêncio, enquanto pensávamos quais seria nossa atitude diante daquela conversa.

Meu coração ficou dividido entre a alegria de saber ser correspondido, e a possibilidade de termos que nos separar para que o projeto pudesse continuar.

Won interrompeu o silêncio:

-Droga. Esqueceram um detalhe importante: estão monitorando tudo por aqui. Acho que terão problemas.

-Se queríamos manter isso em segredo, já era. - Eu lamentei.

-Não somos crianças, Carl. Deixe de besteiras. Vamos parar com este assunto. Deixa como está por enquanto, depois continuamos com isso.

Quero deixar as ideias organizarem-se. - Anna continuava fugindo do assunto.

Won procurou tentou mudar de assunto:

-Nós dois já falamos sobre nós, porém você não disse nada Carl. Eu tenho uma curiosidade: seu nome é alemão, não é mesmo?

Foi um alívio pensar em outra coisa.

-Sim, Won. Minha origem é alemã. Meus avós deixaram a Alemanha no início da segunda guerra. Fugindo da guerra e ajudando uma família judia. Não eram judeus, mas ficaram muito sensibilizados pela situação. Meus pais foram criados a moda americana.

-Então você não é judeu? - perguntou Won.

-Não. Eu cresci em uma família católica.

Eu pensei um pouco e comecei um outro assunto que estava me assombrando:

-Vocês estão com medo?

-Medo? - respondeu Won – Não. Estes submarinos modernos são muito seguros.

-Não isso, Won. Estou falando da viagem à Marte. - retruquei.

Ele fez um sorriso tranquilo e respondeu:

-O medo faz parte. Devemos controlá-lo e usá-lo como aliado.

-Pare de teorias! - Discordei – Deixe este tipo de discurso para os repórteres. Eu tenho meus momentos de covardia.

-Todos temos, Carl. - Anna concordou – Por isso estamos fazendo análise. Para você tem dado resultado?

-Não sei. Achava que sim. Mas depois da destruição da Phoenix. Aquilo me atingiu diretamente.

Anna, olhou-me com um ar compreensivo. E percebeu, então, porque a sua reação fria diante do acidente me afetou tanto.

-Desculpe-me, Carl. Eu fui muito insensível. Não percebi que você estava apenas com medo.

-Está tudo bem. Minha reação também foi exagerada.

-Eu e Won estávamos conversando sobre a sonda antes dela ser destruída. E chegamos a conclusão que a melhor coisa que poderia acontecer era ela não funcionar – Anna falava com os olhos vagos.

-Sim, - comentou Won – se a sonda descobrisse uma bactéria que fosse em Marte, atrapalharia muito nossa viagem. O nível de segurança da viagem teria que ser revisto atrasando a viagem. Se a sonda não encontrasse nada, perderiam o interesse pela viagem.

-Não tinha pensado nisso – refleti – Mas não tenho certeza que quero mesmo ir a Marte, se a sonda encontrasse vida, eu me daria por satisfeito.

E Anna não deixou por menos:

-Pois eu quero. Quero muito ter a possibilidade de fazer as primeiras experiências com bactérias marcianas. E estou disposta a me arriscar para isso.

-Acho que o seu analista deveria estudar estas suas tendências suicidas - falei brincando e sorrimos os três.

Continuamos conversando descontraidamente. Won contou mais sobre sua infância na fazenda e como inventava brinquedos com quase tudo que via pela frente.

Sua história mais hilária, foi quando desmontou inteiramente uma furadeira de seu pai. Cada uma das peças ficaram espalhadas sobre uma mesa. Depois do desespero do pai, imaginando que teria que comprar outra, foi com grande surpresa que Won remontou a máquina, eliminando ainda um pequeno mal contato que atrapalhava seu funcionamento.

Anna contou sobre a aristocracia. As festas pomposas que era levada junto com a mãe e lhe deixava entediada.

Eu por minha vez, tive uma vida ordinária, perto destes dois. Contei como minha infância parecia um filme dos anos oitenta. Uma casa grande, com um quintal gramado, sem muros, na periferia rica de uma grande cidade americana. A escola padrão e minha completa ineficiência para me destacar.

-Eu fui um grande nerd. Na época que isso era terrível. E eu era tão antissocial, que nem entre os nerds eu conseguia me socializar.

-Você ainda é assim, Carl – brincou Anna.

-Se ainda sou. Imagine como era na época! Mil vezes pior.

Rimos um tanto e continuamos com estas histórias. Depois de um tempo, o sono começou a apertar. Fomos dormir sem noção alguma sobre horas e dias.

13 DAS PROFUNDEZAS ÀS ALTURAS

Figura 13: Submarino "Ben Franklin"(1969) Crédito: Marshal Space Flight Center (MSFC)

Acordei com a conversa e os exercícios dos meus dois companheiros.

Fiz rapidamente meu dejejum. E comecei a me exercitar também.

O tédio tomava conta, e as conversas já não rendiam mais. A falta de noção de tempo atrapalhava o pensamento e contribuía para o enfado.

Depois do que pareceram horas fazendo exercícios, sentamos um pouco em um canto e ficamos em silêncio olhando para o nada. Apenas deixando o tempo passar.

Fiquei muito tempo divagando em pensamentos desconexos. Depois de horas comecei a sentir uma pequena, mas perceptível pressão nos ouvidos. Parecia que estávamos a afundar. Ou submergir, não tinha certeza.

Um leve tremor confirmava o movimento.

Anna estava ao meu lado e Won no outro canto. De repente, um estrondo seguiu a uma sirene absurdamente alta. As luzes apagaram-se. A sirene aumentou de volume ainda mais, e fez-me levar as mãos aos ouvidos. Tentando algo, instintivamente levei minhas mãos a frente tentando alcançar alguma coisa.

A escuridão era absoluta.

Senti os braços de Anna tentando me segurar. Assim que ela me localizou, agarrou-me e afundou seu rosto em meu peito como quem se protege de algo invisível. Abracei-a embalando-a em meus braços.

Won tentou, aos gritos, acalmar-nos:

-É um teste, é um teste. Acalmem-se. Está tudo bem.

Porém seus gritos não transmitiam a mesma segurança de suas palavras.

Ele também estava aterrorizado.

O submarino continuou seu movimento com maior velocidade. Meus ouvidos sentiam a pressão aumentar. Eu ainda tinha controle de minhas emoções. Porém um ruído na escotilha interna da saleta me assustou.

Ouvimos metal batendo em metal. Em minha imaginação via os outros tripulantes tentando desesperadamente abrir a escotilha com ferramentas pesadas e não conseguindo.

Anna tremia em meus braços. Sentia seu coração pulando assustado.

Eu toquei seu rosto no escuro. Minhas mãos em seu rosto, ela ergueu a cabeça em minha direção. Senti sua respiração tão próxima.

E lhe beijei.

Um beijo doce, simples e sincero.

Ela retribuiu. E eu a senti desfalecer em meus braços.

Não sei se durou segundos ou minutos, mas aquele foi o momento mais intenso que já havia vivido até ali.

A sirene parou naquele instante e instintivamente nos afastamos esperando o desfecho.

Uma luz avermelhada tomou conta da câmara onde estávamos. Vi Won agarrado a alguma coisa. E Anna, um pouco constrangida rapidamente se afastou ainda mais de mim.

-O que aconteceu? - perguntei.

-Foi apenas um teste. - Won respondeu - eu acho.

-Gente insensível. Querem nos matar do coração? - Anna retrucou ainda tremendo.

O submarino começou a subir. Sentimos nos ouvidos novamente.

Depois de vários minutos se fez um ruído na escotilha e adentrou aquela enfermeira novamente:

-Muito bem. O teste terminou. Gostaria de informar que o que aconteceu aqui dentro é estritamente secreto. Não queremos nenhum comentário sobre os exercícios. Inclusive sobre o acidente.

-Foi mesmo um acidente? - perguntei.

-Não vem ao caso. Porém é secreto. Inclusive o teor de suas conversas aqui. Foram transcritas e estarão disponíveis para seus psicoterapeutas. Combinado a suas reações fisiológicas. - ela terminou de explicar e retirou os eletrodos.

Fomos levados de volta ao bote, ao navio e, por fim, para o treinamento em Houston.

Ainda no helicóptero, perguntei a Won:

-Passamos no teste?

-Estamos vivos? Então passamos - com um sorriso Won olhava para o céu azul celeste como quem o vê depois de anos.

-Segundo a enfermeira as nossas conversas foram transcritas, porém são secretas, não é? - perguntei a Anna.

-Sim. E não falaremos mais sobre elas. A não ser com os terapeutas. - ela respondeu.

-Você tem razão. Temos que seguir nossa missão.

-A missão é mais importante que nós. - ela continuou meu pensamento.

Em um aperto de mão fizemos um pacto de silêncio e cumplicidade.

Quando a toquei eu quase pude sentir o sabor de seus lábios nos meus, mas sufoquei a imaginação que me perturbava.

Won observou nossa conversa e concordou com os olhos. Ele tinha uma capacidade de dizer muita coisa somente com um olhar positivo.

Voltando ao treinamento em Houston descobrimos que passamos algumas semanas no submarino. Perdemos o pouso de Palmer e John na Lua. E perdemos o recado que o Capitão Palmer enviou aos incrédulos que duvidavam da viagem do homem a Lua. Fez uma grande piada em um dos momentos mais importantes da missão.

Ganhamos alguns meses de folga no treinamento. Pudemos então, acompanhar o restante da viagem a Lua direto do Centro de Controle.

Palmer e John foram escalados para este primeiro voo, para que pudessem voltar a tempo do treinamento para o voo mais importante: para Marte.

Mesmo em folga, os exercícios físicos continuavam. E tínhamos ainda muito o que estudar. Depois destes testes mais pesados ainda teríamos que rever todos os sistemas que usaríamos na viagem. Esta seria a última fase do treinamento. Para ela, juntaram-se a nós: Palmer, Claire e John.

A última fase do treinamento consistia em aprender a operar os controles das naves e reagir a problemas. Horas e horas de simulações foram realizados.

No primeiro momento nós fizemos simulados do lançamento. O mesmo seria realizado em um foguete Ares 1. No topo deste foguete uma nave Orion seria onde ficaríamos sentados. A nave Orion tem a aparência dos módulos do projeto Apolo, porém com espaço para seis tripulantes. Ela seria utilizada durante o lançamento e meses depois no retorno a Terra.

A nave que efetivamente nos levaria para Marte partiria em outro lançamento em um foguete Ares 5. A nave seria batizada Marte 13. Seria acoplada à nave Orion em órbita da Terra. O nome foi mais uma piada do Capitão Palmer. Como comandante da nave, ele foi irredutível quanto à escolha. Muitos torceram o nariz por superstição e pelo problema com a Apolo 13. Jayson Palmer foi uma luz nos treinamentos. Sempre bem-disposto e animado, motivava a todos com sua energia.

Não precisamos treinar o lançamento da Ares 5, uma vez que era totalmente automático. Porém o processo de acoplamento espacial e a passagem de uma nave a outra, foi exaustivamente repetido.

Alguns destes simulados eram bem entediantes, porém em algumas vezes o nível de adrenalina subia, e as coisas começavam a dar errado.

Uma das vezes em que tudo deu errado o Piloto John Albert não conseguia se entender com Jayson:

-Comandante Palmer, problemas com a velocidade. Aproximação da nave Marte, velocidade dez por cento acima do previsto.

-John, verifique seus instrumentos, os valores aqui estão perfeitos. - Palmer respondeu rápido.

-Os instrumentos estão ótimos, comandante. Valores de velocidade aumentando quinze por cento acima da meta.

-Pare de besteira John. Os sensores estão perfeitos, Não deveríamos estar a 6 metros por segundo?

-Comandante Palmer, deveríamos estar a 3. Repito 3.

-John, nave Marte está a duzentos metros. Tinha que estar a 6 metros por segundo.

-Comandante, velocidade em 8 metros por segundo. Acionando jatos frontais.

Responsável pela engenharia de bordo, Won o interrompe:

-John, acionamento dos jatos fora do protocolo. Comandante deve autorizar, eu estou monitorando a distância aqui, e está se aproximando rápido.

-John, não ligar jatos frontais, repito, não ligar. O que você está tentando fazer? Mandar a nave Marte para a Lua?

-Comandante?!

-Não ligar jatos, John. - insistiu o comandante Palmer..

-Jatos desligados. Monitorando aproximação: Nave marte a 12 metros por segundo. Treze, quinze. Impacto em 5 segundos.

-Ligue os jatos, John, rápido! - o comandante se desespera.

Won reagiu:

-Muito próximo, se ligar os jatos, provocará destruição da nave Marte.

John continuou a contagem regressiva:

-Quatro segundos para impacto. Dois, Um.

-Atenção: aqui é Cláudio do controle da missão. Todos os tripulantes mortos. Repito, todos os tripulantes mortos. Nave Orion e Marte perdidas. Fim do simulado. Intervalo de dez minutos e depois faremos uma reunião de avaliação.

John saiu do simulador praguejando, porém o comandante Palmer só sorrisos:

-Gente, gente, matei todo mundo.- e ria com prazer – Desculpem-me.

Vou deixar o John pilotar sozinho da próxima vez, eu prometo! Morrer assim dá uma fome. Estou pagando um lanche para todos.

As simulações as vezes eram divertidas. Mas as repetições eram exaustivas e chatas demais, mesmo para mim que estava muito acostumado com rotinas.

Eu não teria uma participação muito ativa nos processos de navegação e acoplagem, o que tornava os treinamentos ainda mais chatos. Eu tinha apenas que não atrapalhar.

Minha única tarefa seria registrar tudo, operando uma câmera digital de mão, além de outras câmeras no casco externo da nave. Mesmo com esta pequena missão não conseguia controlar meu sentimento de inutilidade.

Uma vez na nave Marte 13, teríamos dez meses de viagem até o planeta vermelho. Dez meses com seis tripulantes em uma área um pouco maior que aquele compartimento do submarino.

Os suprimentos durante a viagem seriam enviados por foguetes russos, chineses e europeus. Estavam previstos dois lançamentos antes de partirmos e mais quatro durante nossa viagem. Encontrando com o suprimento no meio do caminho, não teríamos que carregar tudo que precisaríamos em uma única nave. O processo foi inspirado no reabastecimento da Estação Espacial Internacional. Tivemos que treinar todo o processo de acoplamento e reabastecimento.

Além do reabastecimento, cada uma das naves de suprimentos serviria de rota de fuga em caso de problemas com as naves principais do projeto.

O plano era muito complexo. Porém várias opções diferentes de rumos a tomar foram projetadas.

Uma das naves de suprimentos faria um pouso em Marte com as “barracas”. Módulos similares aos da Estação Espacial porém formados por estruturas infláveis. Estas estruturas seriam nossas áreas de trabalho, nossa moradia e laboratório durante todo o período em solo.

Uma nave foi especialmente projetada para o nosso pouso em Marte.

Com capacidade de levar cinco tripulantes em segurança até a superfície. Depois do pouso, a nave seria acoplada às barracas, formando uma grande moradia para nós. Claire permaneceria em órbita na nave Marte até o fim de nossa missão. O pouso foi um dos momentos mais tensos e mais repetidos durante o treinamento. "Morremos" várias vezes nas simulações.

Minha participação aumentou consideravelmente durante o treinamento no ambiente das barracas. Eu fui escolhido o "prefeito" da estação. Como os experimentos principais da viagem seriam as análises bacterianas, realizadas por mim e Anna, nosso treinamento foi intenso. Eu coordenaria as atividades em solo.

Barracas similares as que viveríamos em Marte durante mais de cinco meses foram usadas para o treinamento.

Todo um cronograma de experiências e saídas externas para coleta de amostras foi planejado nos mínimos detalhes. Foi um treinamento longo, entediante e repetitivo.

O agendamento de cada atividade a ser realizada durante o tempo em solo foi um dos planejamentos mais minuciosos já definidos pela NASA.

Estudando os planos percebi que não teríamos muito tédio durante o tempo em solo. Porém a viagem de ida e volta era ainda mais longa e sem absolutamente nada para fazer.

Evidente que as atividades físicas estavam planejadas para toda viagem.

Os estudos mais recentes de perda óssea e muscular, devido à ausência de gravidade, ainda levaram os engenheiros e médicos a prever uma sequência enorme de exercícios. Quase metade do tempo no espaço passaríamos nos exercitando. Novos medicamentos também foram previstos e testados nos tripulantes da Estação Espacial. Nossa preparação física começou com um reforço na musculatura desde o início do treinamento.

Esta fase final de treinamento durou quase dois anos. Um período em que acumulamos muita informação e experiência lidando com os equipamentos. Foi também um período para nos tornarmos uma equipe bem entrosada e preparada para a grande aventura que começaria a seguir.

Minha admiração por Anna só aumentou neste tempo. Pudemos manter nosso envolvimento da maneira mais profissional possível. Não era assim tão difícil diante de tantas atividades de treinamento que realizamos nesta fase.

14 O INÍCIO DA MISSÃO

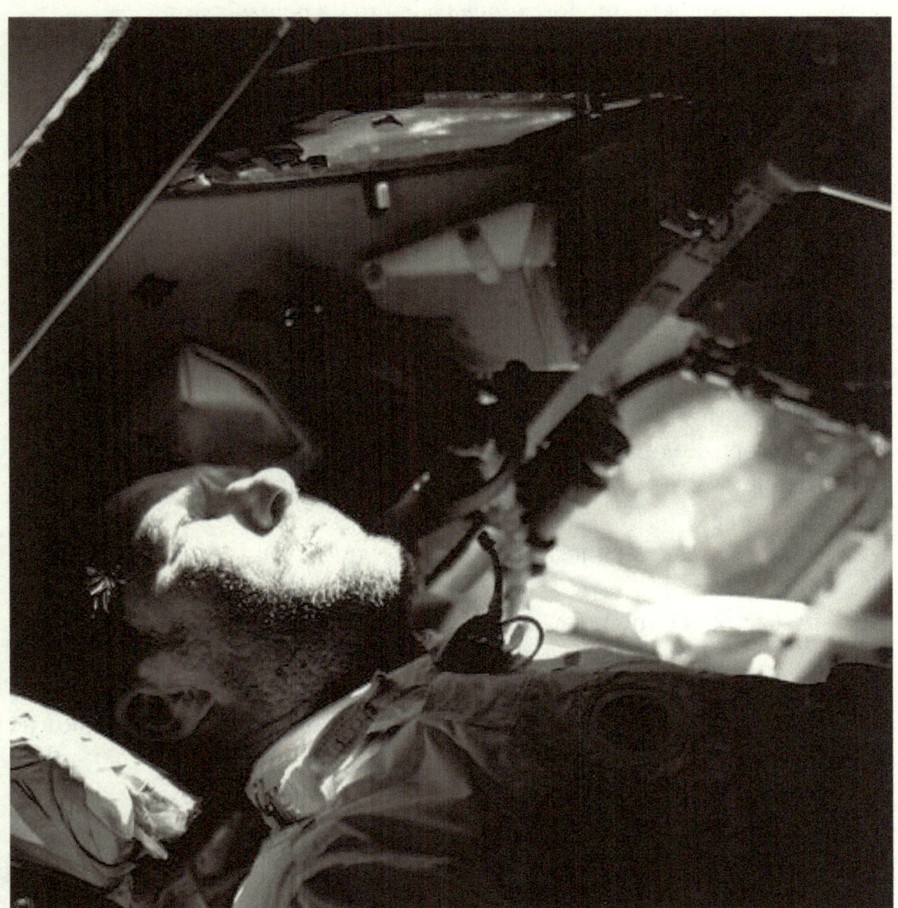

Figura 14: Comandante da Apollo 7, Walter Schirra olha pela janela da nave. (1968) Crédito: NASA Great Images in Nasa Collection

-T menos três horas.

Três horas faltando para o lançamento. O foguete Ares 1 estava pronto na plataforma 39A. A mesma plataforma de onde foi lançado o foguete Saturno 5, na primeira visita à Lua. E a mesma plataforma de lançamento dos Ônibus Espaciais.

Subimos até o topo da plataforma. Já vestidos com aqueles trajes de cor laranja. Seriam as últimas horas que sentiríamos a gravidade nos próximos anos.

Entramos pela "Sala Branca". Depois de sairmos do elevador uma área toda branca isolada com a escotilha para a cápsula Orion no outro canto.

Lá faríamos as últimas checagens.

Junto de nós, três ou quatro engenheiros verificavam nossos trajes, verificaram a unidade autônoma, que cada um trazia nas mãos.

-Controle, Schumann. Checando voz com controle de lançamento. - eu falei pelo rádio do traje.

-Roger. Rádio ok, Kennedy Space Center ouvindo, Schumann.

-Houston, Schumann. Checagem de rádio de voz. - Volto a repetir, desta vez para o controle da missão no Johnson Space Center, em Houston.

-Roger. Controle da missão, ouvindo Schumann em alto e bom som.

Todos checaram os rádios e enfim entramos na cápsula Orion no topo do foguete. Tomamos nossos lugares e revisamos as nossas tarefas.

Ligamos nossos trajes aos equipamentos da cápsula e esperamos.

Os técnicos com suas roupas isoladas fecharam a escotilha e verificaram o isolamento. Era o último contato com outras pessoas.

Estávamos nós seis, totalmente isolados do restante da humanidade.

-Ares, Controle do lançamento. Tudo pronto e checado.

Os tanques de combustível líquido já estavam cheios de hidrogênio há mais de 3 horas.

As duas horas seguintes pareceram séculos. Um profundo silêncio tomou conta de nós. Algo que não combinamos. Mas a tensão e a concentração para o momento que viria nos fez permanecer quietos.

Fiquei concentrado e revisando cada detalhe de minhas tarefas nos próximos dias. Durante o lançamento teria pouco o que fazer. Depois de muito esperar, um novo contato de rádio indicou que o procedimento de lançamento continuaria.

-T menos vinte minutos e checando;

-Controle do lançamento checando o status do lançamento: Unidade de medição inercial?

-Checada; - alguém respondeu pelo rádio.

-Tanques externos?

-Checado.

-Células de combustível?

-Checado.

-Isolamento da área de segurança?

-Limpa.

-Temperatura dos anéis de isolamento?

-Checado.

-Demais sistemas de segurança?

-Checado.

-Todos os sistemas checados e liberados.

-T menos vinte minutos e contando.

Vinte minutos. Somente vinte minutos e partiríamos. Não havia como voltar atrás. Por breves segundos um sentimento de arrependimento tomou conta de mim. Um desespero e vontade de sair, deixar aquela loucura para trás e fugir.

Mas alguém olhou para trás e me sorriu com seus olhos castanhos. E eu me lembrei porque estava ali. Respirei fundo e tentei controlar meus batimentos.

-Schumann, Controle. Tudo certo aí? Detectamos uma alteração em seus batimentos cardíacos. - O médico do controle da missão interrompe meus pensamentos.

-Roger. Tudo certo, eu já estou bem. Tudo sob controle.

Respirei fundo para me controlar, e esperei a resposta do controle.

-Batimentos normalizados. Tudo certo. - responde o médico.

-Deixa de ser mulherzinha, Carl. - brinca o Capitão Palmer, desligando o rádio sem perder tempo. - Está apavorado?

-Sem chance Palmer, sem chance – respondo retomando o controle de mim.

-Controle, Mudar os computadores de bordo para configuração de lançamento.

-Checado.

-Iniciar condicionamento térmico das células de combustível.

-Checado.

-Fechando válvulas de ventilação da cabine.

-Checado.

-Mudar sistema de controle de voo para configuração de lançamento.

-Checado.

Um pequeno ruído é perceptível na estrutura do foguete. Os primeiros sinais para o lançamento eminente.

-T menos nove minutos e checando.

-Aqui é o diretor do lançamento, Myke Delai. Todas as verificações foram realizadas e o lançamento está liberado.

-Kathy, diretora da missão. Todos os equipamentos prontos e checados. Lançamento liberado.

-Jeff Bartel, diretor-assistente de testes. Tudo pronto e liberado para o lançamento.

-Lançamento liberado.

-T menos nove minutos e contando.

Nove minutos. Naquele momento estávamos todos prontos. Os diretores responsáveis pelo lançamento, pela missão e pelos testes aprovaram todos os preparativos.

E no Controle do Lançamento no KSC, uma voz indicava cada uma das tarefas:

-Iniciar sequencia de lançamento automático;

-Recolher rampa de acesso à cápsula Orion.

Um pequeno solavanco e estávamos realmente isolados.

-Checado.

-T menos cinco minutos e contando;

-Preparar foguete sólido para modo seguro. Armar dispositivos de segurança.

-Checado.

-Iniciar teste final de superfície.

-Checado.

-Teste final do motor principal.

-Checado.

-T menos três minutos e contando;

-Retirar sistema de ventilação de oxigênio externo;

O tempo estava ficando curto. Eu me agarrava à minha cadeira e me preparava para o lançamento.

-T menos dois minutos.

-Ares, Controle. Tripulantes fechar e travar seus visores.

Verifiquei meu capacete e fechei meu visor. Ativei a trava e minha parte tinha terminado. Agora eu era um passageiro.

-T menos cinquenta segundos.

-Desligar sistema externo de energia.

-T menos trinta segundos.

-Contagem automática iniciada.

-Ativar sistema de supressão de som da plataforma de lançamento;

-Checado.

-Dez segundos.

-Ativando motor principal de hidrogênio líquido.

Um tremor tomou conta de toda a cápsula. Ouvi um ronco forte e aumentando.

-Nove;

-Oito;

-Sete;

-Acionando Motor Principal;

O ronco virou um estrondo. Não conseguia fixar os olhos em nada.

Tudo tremia. Meu coração disparou.

-Quatro;

-Três;

Antes de chegar ao zero, o foguete pareceu se mexer, como que levitando por um ou dois segundos.

-Um;

- E lançado. Sonda Orion com destino a Marte, lançada da plataforma 39A no Centro Espacial Kennedy.

O foguete começou a ganhar velocidade rapidamente. Em poucos segundos a pressão começou a aumentar. Senti as forças G atuando primeiro em meus ouvidos, e depois em todo meu corpo. Senti meu peso aumentar várias de vezes. Durante o treinamento fiz alguns voos em um caça a jato, justamente para sentir a atuação da força G. Nada comparado com o lançamento.

A cadeira, meu corpo e tudo em minha volta vibravam com força.

Certamente algo mal encaixado ou conectado seria completamente desmontado.

-Trinta e cinco segundos de voo. Motores principais em perfeito funcionamento em setenta e dois por cento de potência. Atingindo velocidade supersônica. Mil e seiscentos quilômetros por hora. Oitocentos metros de altitude.

-Ares, Houston, verificando situação.

-Roger. Piloto John indicando todas as leituras perfeitas.

-Tripulação em Ares: Comandante Jayson Palmer, Piloto John Albert, Engenheiro de Voo Liwei Won e Claire Sophie, Especialistas da Missão Doutor Carl Schumann e Doutora Anna Ivanova. Rumo ao ninho da Phoenix em Marte.

As forças continuavam atuando. Sentia todo o meu corpo apertando na cadeira.

-Um minuto e quarenta e cinco segundos de voo. Ares em trinta e cinco quilômetros de altitude. Preparando para separação do foguete de propulsão sólida.

Ouvi uma pequena explosão e um tremor.

-Confirmado separação do foguete de propulsão sólida.

-Computador de bordo preparando mudança de rota para entrada em órbita.

-Ares em sessenta quilômetros de altitude. Cinco mil quilômetros por hora.

Apesar da velocidade absurda, comecei a sentir a diminuição das forças.

Os motores líquidos continuavam funcionando e aumentando nossa velocidade.

-Ares em oitenta e cinco quilômetros de altitude. Em três minutos e meio de voo.

-Atingido ponto com impossibilidade de retorno em caso de eventual falha dos motores.

-Todos os sistemas perfeitos. Ares com encontro com Marte 13 prevista para amanhã.

-Ares, Houston. Retorno negativo.

-Roger. Retorno negativo. - respondeu Palmer, comemorou acenando as mãos serradas para nós. O retorno negativo indicava a impossibilidade de retornarmos ao ponto de lançamento. Se necessário, teríamos que realizar um processo completo de retorno em uma nova janela de pouso.

-Quatro minutos de voo. Cem quilômetros de altitude. Oito mil e quinhentos quilômetros por hora.

-Controle indicando acionamento de sistemas de resfriamento, biônicos e controles a bordo.

-Checado.

-Quatro minutos e quarenta segundos de voo. Cento e seis quilômetros de altitude. Nove mil e setecentos quilômetros por hora.

-Ares, Houston. Todos os sistemas em perfeito funcionamento.

Verificar situação.

-Roger. Motores em funcionamento perfeito. Todos perfeitos. -

Comandante Palmer responde.

-Ares, Houston. Preparar desligamento dos motores principais.

-Roger. Preparando acionamento. - Palmer faz um sinal para John que aciona alguns controles a sua frente. O narrador continua:

-Comandante Palmer preparando desligamento dos motores. Ares em 16 mil quilômetros por hora.

-Desligamento dos motores principais em um minuto. Ares em vinte e dois mil quilômetros por hora.

-Muito próximo da órbita. Preparando a separação do tanque de combustível líquido.

Um novo tremor o tanque deixa-nos livres no espaço.

-Tanque separado. Ares em órbita preliminar. Completado processo de lançamento.

-Ares, Houston. Confirmando entrada oficialmente em órbita. Todos os sistemas em perfeito funcionamento. Nave reconfigurada para Orion.

-Roger. Sistemas perfeitos e Orion em órbita.

Estava feito. Todo o efeito do peso sumiu. Se soltássemos os cintos de segurança já flutuaríamos.

-É isso! – exclamou Palmer. – Que tal, John, o lançamento foi perfeito não é?

-Perfeito. –respondeu John – E como eu sou o piloto da nave, acho que me deve um champanhe.

-Como Comandante, eu decreto que terá quantas champanhes quiser, se voltarmos sãos e salvos à Terra depois do fim da missão. Eu pago uma caixa das francesas.

-Eu mesmo posso encomendar. –interrompeu Claire – Tenho alguns amigos na França que me mandariam sem pestanejar.

-Mau saímos do chão e já estão falando em champanhes? Algo que não tomaremos pelos próximos dois anos. – reclamou Won.

-Todos bem? Alguém enjoado, ou com dor de cabeça? – perguntou Palmer.

Ninguém pareceu reclamar.

Eu estava com uma leve desorientação. Muito parecido com uma vertigem. Natural, o sistema vestibular começou a reclamar. Mas nada que merecesse algum destaque.

-Vamos nos livrar destes trajes. Depois teremos o resto do dia para verificar todos os sistemas da nave. A lista de checagem está em seus portáteis. A docagem com Marte 13 está agendada para daqui a vinte e seis horas. Todos devem seguir o roteiro. Ao trabalho.

Tirei a luva de meu traje e retirei de um bolso meu computador portátil.

Era igual ao que usei nos treinamentos. Acionei a tela sensível a toque com as pontas dos dedos e acionei a lista de checagem.

Somente neste instante percebi a microgravidade. O computador flutuava em minha frente quando eu o soltava.

A minha lista incluía uma série de testes com as câmeras externas e internas que eram minha responsabilidade. Além de verificar os compartimentos da carga útil.

Por meio do próprio portátil, eu acionei as rotinas de testes e verifiquei que todas as câmeras estavam perfeitas. Depois abri o compartimento ao lado de minha cadeira onde uma câmera de mão estava bem acomodada.

Retirei a câmera e fiz uma checagem visual. Então focalizei os outros tripulantes e cliquei a primeira foto em órbita. Como todos estavam distraídos, o flash assustou-os.

-Schumann, poderia avisar quando vai acionar esta coisa? – reclamou John.

-Desculpem-me. Eu devia ter avisado. Agora façam um sorriso para a câmera. Quero que a segunda foto em órbita fique um pouco melhor.

Todos olharam em minha direção e sorriram. Todos, menos o John, que permaneceu com sua cara séria e compenetrada.

Depois guardei a câmera e acionei os testes do compartimento de carga útil. A maior parte do equipamento já estava em órbita, lançados com o foguete de carga Ares 5, no dia anterior. Porém parte pequena do equipamento, justamente a parte mais sensível foi despachado conosco no

Ares 1.

Em alguns minutos os testes indicaram integridade total do equipamento.

Conforme terminávamos os testes, o portátil do Comandante avisava-o dos resultados.

Eu terminei minhas tarefas rapidamente e me livrei do traje que incomodava muito. Fiquei completamente solto flutuando na nave. A sensação inicial é de deslumbramento. Tentei olhar a Terra pela janela. O que vi encheu minha retina de uma forma fascinante. O céu era o mais escuro e estrelado que já vi em minha vida. Foi de tirar o fôlego.

-Vejam isso! É fabuloso! Quantas estrelas. São incontáveis. – não consegui me conter e fiquei feito uma criança diante de um novo brinquedo.

-É lindo. Mas não exagere. Teremos muito tempo para ver isso com muita e muita calma. – retrucou Anna.

Percebi o papel de bobo que fazia e me encabulei. Mas continuei com os olhos atentos, tentando identificar alguma constelação. Para minha surpresa a nave estava girando devagar e em minutos no canto da janela a Terra começou a aparecer. Meus olhos já arregalados ficaram marejados diante daquela imagem. Deu-me um nó na garganta e senti uma felicidade enorme. Em segundos o planeta tomou conta de todo o meu campo de visão.

A Terra é azul.

Identifiquei o Atlântico e a África. Madagascar passou rápido. Era perfeitamente visível a Terra girando diante de meus olhos.

Permaneci embevecido por vários minutos, enquanto os outros tripulantes trabalhavam em suas atividades.

Comandante Palmer também fazia suas checagens e acompanhava o trabalho dos outros. Em algumas horas tudo estava feito, todos estavam sem seus trajes e teríamos algum tempo livre.

-Houston, Orion. Todos os sistemas checados e perfeitos.

-Entendido. Os testes daqui também não indicaram nenhum problema, Palmer. Rota da órbita perfeita. Estão liberados para seu descanso. Amanhã pela manhã, aqui todos aqui no controle.

Os controladores em Terra nos liberaram finalmente. Nos posicionamos em nossos lugares e tentei cochilar um pouco. Somente neste momento percebi uma pequena dor em meu pescoço. Parecia que tinha feito exercícios por horas.

Minha cabeça funcionando a mil não permitiu um sono tranquilo, porém o cansaço por fim fez-me dormir.

15 CASA NOVA

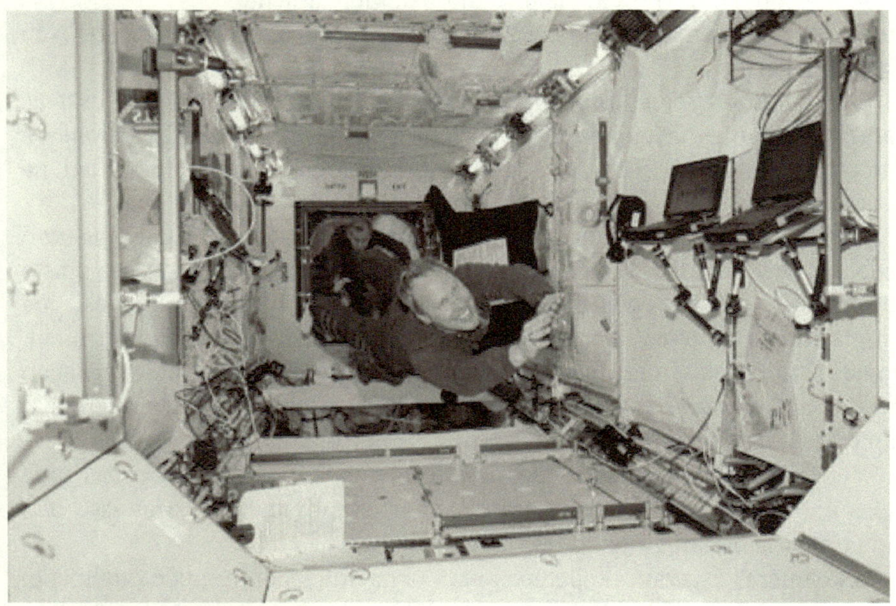

Figura 15: Estação Espacial Internacional. (2001) Crédito: NASA Marshal Space Flight Center Collection

Acordei com a música do despertador, um sax tocava um Jazz de forma magistral. Sorri no instante que me lembrei onde eu estava.

Anna e Won já estavam revisando suas tarefas, enquanto os outros acordavam naquele instante. Estávamos com o tempo curto para a docagem com a nave Marte 13.

-Bom dia, camaradas. -Anna sorriu para todos – Deixem de

preguiça, faltam duas horas apenas para a docagem. Vejam: o sistema indica aproximação na velocidade correta. Em uma hora já poderemos ver a nossa nova casa.

-Muito bem, Anna. Vamos lá, cada um com suas tarefas. - tomou o controle o comandante Palmer. - Carl, prepare as câmeras. Won, verifique os sensores de aproximação. Claire, os subsistemas de acoplagem, verifique se poderão ser ativados no automático. John, prepare-se para assumir em caso de algum problema. - Ele anotava em seu portátil e olhava para cima, como quem está querendo lembrar de algo. - Amigos, desculpem-me.

Vamos fazer o café da manhã primeiro não é?

-Ele acha que estamos em um campo de concentração! - brincou Won baixinho com Anna. Porém ela discordou completamente:

-Você tem ideia de como é a vida em um campo de concentração? Não diga bobagens.

Depois de alimentado, eu tomei meu lugar e me preparei para usar as câmeras externas. Acionei meu portátil para controlá-las. Selecionei a câmera número um e comecei a comandá-la com o controle virtual na pequena tela.

Com os botões da tela eu poderia aproximar a imagem, afastar, ajustar o foco, contraste, brilho, tempo de exposição, etc. Ou apenas acionar o ajuste automático. Para reposicionar a câmera em várias direções, eu simplesmente movia o portátil. Acelerômetros, no meu terminal, transferiam os movimentos executados para a câmera externa. A sensação era que eu tinha uma câmera digital nas mãos e estava flutuando no espaço capturando as imagens.

Verifiquei os movimentos das quatro câmeras externas, e apenas uma delas apresentou certo atraso para executar os movimentos. Mas isso não me impediria de utilizá-la.

As câmeras estavam preparadas para obter fotos com grande qualidade, assim como vídeo de alta resolução. Durante o lançamento o vídeo de uma delas foi acionado e enviado para a TV NASA. O vídeo entrou ao vivo em cadeia mundial via satélite.

Além das câmeras externas eu também tinha disponível uma câmera digital de mão. Aquela guardada em um compartimento próximo de minha cadeira.

Tentei verificar a qualidade das câmeras com uma longa exposição de uma área do céu. Infelizmente a imagem ficou muito pobre, estávamos nos movendo rápido e um dos motores estava acionado, nos reposicionando para a docagem. Procurei Won para tirar uma dúvida sobre o computador portátil:

-Won, como conseguiram fazer um portátil tão fino? Não teria que ter espaço para algum sistema de refrigeração do processador? Algo como uma ventoinha?

-Não. - Won respondeu - Veja aqui, é só uma chapa de fibra de carbono, para aumentar a resistência e a tela de papel eletrônico. Mal chega a quatro milímetros. Não tem processador aqui.

-Não? - estranhei.

-Veja, este cordão que você usa para manter a tela junto a si, é um cabo de dados e energia. O computador mesmo está aqui. - e apontou a caixa que carregávamos sempre conosco. E eu que imaginei que era só suporte para o cordão. A caixa era presa em um cinto e mal pensei ser o computador. Ele continuou: -E este também não é todo o computador. É apenas um terminal. Usamos o poder de processamento do computador principal.

Para parecer menos idiota, comecei a mostrar o sistema de controle remoto das câmeras externas:

-Viu como as câmeras externas são controladas?

E ainda testava as câmeras quando John me chamou a atenção:

-Carl, veja, pela janela dois. É ela, Marte 13, está visível. Ainda é só um pontinho, mas está lá.

Acionei a câmera número três, e comecei a procurar algum sinal da nave. Tentei por alguns minutos, e quando estava quase desistindo, encontrei.

-Aqui está! - acionei um botão no controle e o vídeo foi retransmitido até a tela no console principal da nave. Configurei para a câmera acompanhar a nave Marte e enviar vídeo de alta resolução. Comandante Palmer maximizou a imagem e chamou a todos:

-Vejam, está vindo. E está se aproximando rápido. John, verifique a velocidade.

-Velocidade perfeita. -John respondeu.

-Claire, o sistema de docagem já foi ativado? Está controlando as naves? - continuou Palmer.

-Em três segundos. Três, dois, um. Sistema acionado. Naves trocando informações. Motores acionados.

Um leve tremor tomou conta da nave. O sistema começou a acionar os propulsores para o alinhamento das naves.

-Carl, prepare suas câmeras que lá vem o show.

-Houston, Orion. Sistema de docagem acionado. Docagem em cinco minutos e contando.

-Entendido. Sistema de acompanhamento indica velocidade e aproximação perfeita. Continue procedimento.

Acionei a câmera quatro para tentar tirar algumas fotos. Com zoom máximo era possível detectar os detalhes da nave Marte 13, o encaixe de atracamento já estava posicionado em nossa direção.

-Palmer, - chamou Claire - velocidade continua correta e alinhamento perfeito. Vamos no automático mesmo?

-Sim, Claire. Deixemos o talento de John para uma oportunidade mais necessária.

-Orion, Houston. Detectado falha de sistema, código cento e dois.

Ao mesmo tempo, que o controle nos avisou da falha, uma luz começou a piscar nos computadores portáteis, e na tela do console principal.

-Entendido. Que procedimento devemos realizar?

Um breve silêncio de Houston me deu a ideia que não sabiam o que fazer.

-Won, que falha é esta? - perguntou Palmer.

Won aciona seu portátil e respondeu rápido:

-Excesso de aquecimento no motor número dois. Nível azul, ação: continuar procedimento, enquanto longe do nível amarelo.

-Claire, sistema apresentando alguma falha? - continuou Palmer.

-Cem por cento dentro do previsto. Menos é claro, o sinal dos motores.

-Orion, Houston. Permaneçam no procedimento.

-Entendido. - Palmer respondeu ao controle.

A nave Marte começou a crescer rápido na tela do console. Palmer continuou comandando as atividades.

-Claire. Relate aproximação. John prepare-se para tomar conta da nave caso o sinal amarelo venha. Won, informe qualquer mudança do nível de temperatura dos motores. - Claire começou a relatar a aproximação:

-Docagem em vinte cinco segundos. Velocidade cinco metros por segundo, oitenta metros e aproximando. Alinhamento menos quatro centímetros.

Tirei mais uma foto da nave Marte. Abri o compartimento de minha cadeira e retirei a câmera interna. Preparei-me para uma foto de Claire.

Lembrei de desligar o flash antes de acionar, não pretendia desconcentrá-la.

Seu rosto transpareceu sua tensão. Os olhos verdes estavam atentos e vidrados. Won fez sua parte:

-Motor dois continua em nível azul. Motor três em nível verde. .

Espere. . Motor três em nível azul. Motor um em nível verde. Resumo: motor dois e três em azul; motor um em verde.

-Orion, Houston. Falha no sistema, códigos 102 e 103. Motor três em nível azul. Preparar para abortar atracamento.

-Entendido. Controle, nós vamos prosseguir. Falta muito pouco agora. - Palmer não estava interessado em atrasos.

-Orion, Houston. Autorizado. Aborte ao primeiro sinal vermelho.

-Claire posicione. -Continuou Palmer

-Docagem em dez segundos. Velocidade três metros por segundo, trinta metros e aproximando. Alinhamento em zero.

-Won?

-Motores todos em nível azul.

Palmer enrugou a testa, fechou os olhos e disse:

-Prosseguir. - Ele olhou para Claire que continuava:

-Docagem em cinco segundos. Velocidade meio metro por segundo. Quatro. Alinhamento em zero. Docagem em três segundos.

Eu tirava várias fotos. A câmera externa já não conseguia mostrar nada, a nave Marte 13 encobria todo seu campo de visão.

-Docagem em dois. Um. Zero.

Um baque seco indicou que o atracamento foi executado.

-Encaixe perfeito. - Claire informou.

-Motores desligados. -Won completou. -Motor dois em nível vermelho.

-Orion, Houston. Docagem perfeita.

-Entendido. -Respondeu Palmer. E perguntou: -Houston, o que aconteceu com nossos motores? Claire e Won verifiquem a telemetria.

-Orion, Houston. Estamos estudando a telemetria e iremos posicioná-los assim que tivermos concluído. Câmbio.

-Entendido.

Won já estava estudando os números e veio rápido com uma ideia:

-Palmer, estou aqui com alguns números. Parece-me que falhou um dos resfriadores. Pelas minhas contas, deve ser o resfriador secundário. Aqui está, veja o resfriador desligou completamente.

-Rode o programa de teste do resfriador secundário. Talvez tenhamos que substituí-lo antes de prosseguirmos. Estes motores de rotação serão imprescindíveis, temos cinco ou mais atracamentos para realizar ainda. - recomendou Palmer.

Won acionou seu portátil e selecionou as rotinas de teste.

-Todos os outros continuem o procedimento agendado. Os dados e lista de tarefas estão nos seus terminais.

Nos preparamos para abrir a escotilha e entrar na nave Marte 13. O procedimento exigia igualar a pressão, temperatura e misturar o ar de ambas as naves.

Coube a John a cerimônia de adentrar primeiro em nossa nova casa.

Tirei as fotos comemorativas. Palmer fez um discurso em vídeo, que enviei em seguida para Terra. Won e Claire continuavam trabalhando com o teste do resfriador.

Tivemos que assumir as atividades previstas para os dois. A minha lista de atividades ficou muito longa.

Entrei pela estreita porta e comecei a visualizar o interior da Marte 13.

A nave possuía muito espaço interno. Ao menos comparando com a Orion. O espaço era similar a um ônibus urbano sem os bancos dos passageiros. Em todas as paredes compartimentos similares a armários embutidos, encanamentos, fios e equipamentos diversos. No grande corredor vários pacotes brancos embalados estavam amarrados e entulhados. No lado contrário ao de onde entramos, uma outra escotilha separava uma segunda área. Pelo meio da nave uma saída acima e outra abaixo, mostrava que não era apenas aquele espaço disponível. Lembrei que acima e abaixo ali não queria dizer nada. De qualquer maneira, sob o ponto de vista de minha posição, era assim.

Entrei para a saída acima e a pequena entrada terminava em uma estrutura de vidro em forma de cúpula. Era nosso observatório. Ainda estava coberto pela proteção do lançamento. Acionei os comandos através de meu portátil e com um barulho leve de motor a luz externa penetrou pela cúpula.

Pude ver a Terra cobrindo quase todo o campo de visão. Uma grande formação de nuvens, cobrindo-a toda, não permitiu identificar nada na superfície. Ali seria para mim um dos lugares preferidos nos meses seguintes.

Mas não tinha tempo para isso. Continuei minhas tarefas, que incluíram destravar alguns sistemas de fixação usados para o lançamento, verificar o estado dos equipamentos e ativar uma série de subsistemas.

Anna também estava muito ocupada com suas tarefas. Mas não perdi a oportunidade de comentar sobre a nossa principal janela:

-Você viu a cúpula? Ficou perfeita!

-Depois eu dou uma olhada. Enquanto não estivermos seguindo para Marte, teremos muito que fazer por aqui. Só espero que o Willy esteja em boas condições. Seus testes incluem o Willy?

-Deixe-me ver. - Olhei a grande lista de testes sob minha responsabilidade, mas não incluía testes com o Telescópio de bordo. -

Nada. Porque você chama o telescópio de Willy?

-Todos os telescópios que possuo são Willy. E ponto.

Ri tanto de sua resposta que nem respondi nada!

-Você poderia me ajudar com os mantimentos? Temos que transportar parte deles para a nave Orion. - Ela me convidou.

Felizmente sem a gravidade, transportar as caixas para a nave Orion foi moleza. Quando estávamos quase terminando, Palmer chamou-nos no controle da Orion. Com todos reunidos, Palmer disse:

-Won tem uma posição sobre o problema com os motores. Pode falar Won:

-Sim, Palmer. O programa de diagnóstico indicou que uma das folhas de isolamento deve ter se desprendido. Isso provocou a falha no resfriador. Teremos que trocar o isolamento e corrigir o problema com o resfriador.

Palmer continuou:

-Won e Claire farão uma caminhada espacial, EVA, para realizar os reparos.

Anna percebeu:

-Isso atrasará a partida para Marte em um dia.

-Exatamente - confirmou Palmer.- Houston já preparou um conjunto de tarefas de verificação e manutenção para eles realizarem. Para os outros isso quer dizer que as tarefas agendadas podem ser divididas em dois dias. Estou reescalonando as tarefas. Qualquer teste que indicar impossibilidade de partimos, deve ser informada imediatamente. Alguma pergunta? Não?

Então Won e Claire devem se preparar para a EVA.

Palmer não só tinha a autoridade formal por ser o comandante da nave, mas ele rapidamente posicionou-se como o líder do grupo. Foi interessante como ele assumiu uma postura completamente diferente do brincalhão do período de treinamento.

Won e Claire foram para a área isolada para pressurização e para colocarem os trajes para a saída externa.

Continuamos com as tarefas de teste e realocação de equipamentos por horas.

Finalmente, no fim da minha lista para aquele dia, eu teria que ativar o equipamento de exercícios. O equipamento parecia uma máquina fácil de encontrar em qualquer academia da Terra. Com a máquina ativada, a rotina de exercícios iria iniciar-se no dia seguinte.

Estes primeiros dias não apresentaram nenhum tédio ou aborrecimento. Na verdade, o tempo correu muito rápido. As atividades inúmeras não me deixaram pensar em muita coisa.

Na hora de dormir, também não tive dificuldades, o sono veio rápido, nem encostei a cabeça, já estava dormindo.

16 RUMO A MARTE

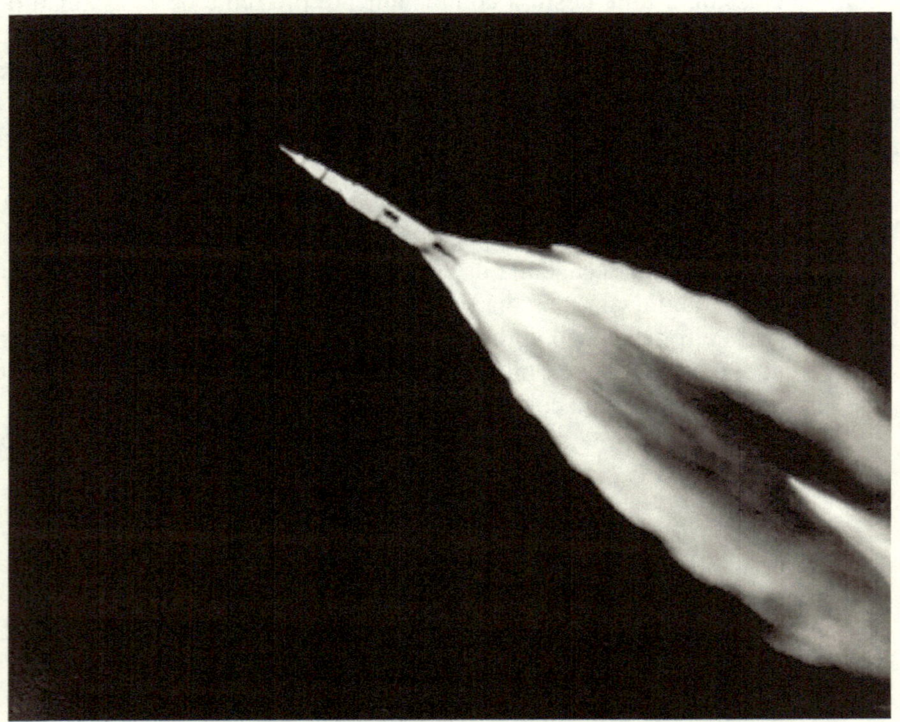

Figura 16: Foguete Saturno V levando Apollo 11. (1969) Crédito: NASA Marshal Space Flight Center Collection

No dia seguinte continuamos transportando o material entre a nave Orion e a Marte 13, e ativando todos os sistemas e equipamentos de bordo.

Enquanto isso, do lado de fora da nave, Won e Claire em seus trajes espaciais trabalhavam na manutenção das folhas de isolamento.

Os dois ficaram aproximadamente quatro horas e pouco trabalhando. Eles retiravam a cobertura dos motores, e identificaram uma folha de isolamento que estava faltando. Eles retiraram o módulo de refrigeração, que é parecido com um radiador de carro e instalaram o equipamento reserva. Depois disso recobriram com novas folhas de isolamento térmico e fecharam a cobertura metálica.

Trouxeram o equipamento retirado para o interior da nave, onde teriam tempo para verificar se realmente estava com defeito.

No fim do dia, o comandante Palmer verificou se todos tinham terminado suas tarefas e se estávamos prontos para deixar a órbita da Terra rumo a Marte.

-Orion, Houston. Comandante Palmer, informe situação da nave.

-Entendido. Todos os equipamentos testados e posicionados. Eva realizada com precisão. Tudo pronto para saída de órbita. – Relatou Palmer. E o controle da missão continuou:

-Orion, Houston. Precisamos de um teste com os motores para validar a manutenção. Em caso de nova falha poderíamos realizar manutenção com Marte 13 atracado à Estação Espacial, antes de deixarem a órbita. O teste poderia ser realizado pela manhã, e em caso de sucesso a saída de órbita seria realizada no fim da tarde.

-Segundo nosso cronograma, - Palmer conferiu no seu portátil - a saída de órbita seria hoje, no fim da tarde. Com o teste teremos um dia de atraso. Positivo, Houston preparem o roteiro do teste e nos envie para execução pela manhã.

-Entendido. Roteiro já enviado.

O controle identificou o roteiro e Palmer verificou o procedimento no terminal de controle da nave.

Os testes seriam bem simples, os motores seriam ligados e submetidos a cargas cada vez maiores com o sistema de desarme ativado a qualquer flutuação da temperatura. O sistema seria aprovado no caso de nenhum motor chegar ao nível azul.

Ficamos apreensivos, afinal, uma falha nos testes provocaria um adiamento de semanas na nossa viagem. Won, como não conseguia dormir, ficou a noite toda verificando a peça retirada, para identificar algum problema.

Neste dia, comecei também, com a massacrante rotina de exercícios diários que tomaria grande parte de nosso tempo de viagem. Isso, pelo menos, me ajudou a dormir, uma vez que me deixou exausto.

O dia seguinte começou agitado. Palmer gesticulava muito comandando as atividades. Os testes dos motores iniciariam por volta das nove da manhã. O controle da missão comunicou-se e verificou se tudo estava claro e pronto para o teste.

Para nós, que não estávamos envolvidos com o teste, seria o primeiro dia livre. Aproveitei para arrumar minhas coisas pessoais. Eram poucas coisas, mas o suficiente para nos sentirmos um pouco mais à vontade.

Nove e meia estávamos todos na ponte de controle quietos e apreensivos. Palmer estava distribuindo suas ordens com generosidade.

John teria um papel mais determinante nesta atividade.

O procedimento foi executado muito rápido. John acionou um dos motores e a nave começou a girar no próprio eixo. Depois ligou um segundo motor e a nave moveu-se em uma das direções. O terceiro motor girou a nave em outro eixo.

Enquanto cada motor era acionado, Claire manteve os olhos atentos aos indicadores. Won também ficou atento às medidas de temperatura de vários sensores em tempo real. Palmer olhava para um e outro tentando identificar algum problema, para ordenar o cancelamento imediato do teste.

Depois de alguns minutos, Houston confirmou que tudo funcionou corretamente. Palmer transmitiu as novidades para a equipe:

-Houston acaba de informar que a manutenção foi um sucesso. Won ficou testando durante a noite e não havia nenhum problema com o resfriador. A falta do isolamento térmico foi realmente a causa do problema. Estamos prontos para deixar a órbita da Terra.

-Manteremos o horário? - perguntou John.

-Sim, partiremos no fim do dia. - respondeu Palmer.

Senti um frio na espinha. Uma bobagem, mas a Terra ali vizinha a nossa nave dava uma segurança. Logo mais a Terra seria tão pequena no céu, que poderia ser confundida com as estrelas.

Pensava sobre isso, e acabei por me lembrar do Willy, o telescópio de que Anna já tomara posse. Naquele dia ainda não tinha tido tempo para usá-lo.

Teríamos nove meses de viagem até Marte e, para nos ocupar, foi planejada uma série de estudos científicos. A maior parte deles eram relacionadas com a permanência no espaço por longos períodos. Embora o problema tivesse praticamente controlado com os novos medicamentos e com a rotina de exercícios, alguns astronautas poderiam ainda apresentar os sintomas. Para evitar problemas uma amostra semanal de sangue de cada um seria analisado. Um pequeno equipamento estava disponível para isso.

Recolhi minha amostra e fui procurar o que fazer. Acho que foi a primeira vez que não tinha absolutamente nada a fazer por duas horas pelo menos. Lembrei-me que apesar de ser dia as estrelas estava lá disponíveis para nosso deleite o tempo todo. Fui para a cúpula para passar algum tempo tentando identificar algumas constelações.

Quando entrei pelo túnel que levava para a cúpula, vi que Anna teve a mesma ideia que eu. Ela estava utilizando o Willy e não percebeu minha aproximação.

-Olá, Anna. Está vendo alguma coisa com o Willy?

Ela assustou-se e num salto tirou o telescópio da posição. Virou-se com um olhar repreendedor e ao mesmo tempo decepcionado:

-Que droga Carl. Eu estava tentando uma coisa aqui. Me assustou. Agora vou demorar horas para encontrá-lo.

-Desculpe-me. Não queria atrapalhar. O que estava olhando?

-Ômega Centauro. Sempre quis localizá-lo em viagens para o Hemisfério Sul. Por duas vezes que estive no Brasil e África do Sul, o tempo ruim não me permitiu.

-Pois eu sei exatamente onde está. Fiz intercâmbio na Austrália e sou fluente no céu austral. - me gabei. O espaço em que estávamos era diminuto, e meio desajeitados nos movimentamos para que eu pudesse comandar o telescópio. Não era possível nos mover sem nos tocarmos, o que causou um certo desconforto.

Com meus olhos na objetiva e os controles em minhas mãos comecei a mover o telescópio. Com uma lente grande angular, primeiro localizei o Cruzeiro do Sul. Fui movimentando a imagem para o Norte, até localizar as primeiras estrelas do Centauro. Formando um grande quadrado eu fui narrando:

-Veja, estes são estrelas do Centauro. Formam este grande quadrado a norte do Cruzeiro. Estas outras ao redor do Cruzeiro também são do Centauro. Estas duas mais brilhantes à oeste são Alfa e beta Centauro.

-Alfa Centauro? Então por aí deve ficar a próxima Centauro? - ela perguntou. Os seus olhos brilhavam. Cada vez que trocávamos de posição para que ela pudesse olhar pela ocular, era como estivéssemos abraçados de tão próximos.

-Sim veja, a menos de um grau. Deixa eu trocar a ocular. Esta dá um maior aumento. Agora sim. A segunda estrela a direita. Bem pequena, é ela.

-Próxima Centauro. Então esta é a estrela mais próxima, depois do Sol?

-Exatamente. - Respondi. -Quer ver Ômega Centauro agora?

Ela estava distraída olhando aquela pequena estrela. E por alguns segundos não me respondeu. Eu estava tão próximo a ela. Sentia seu perfume tomando conta do pequeno espaço. Um cheiro reminiscente, pois não usaria perfume na viagem. Mesmo assim era perceptível.

Estava a pouco centímetros de seus cabelos e aproximei-me para sentir seu cheiro e maciez. Ela virou-se no mesmo instante e seu rosto ficou quase colado ao meu. Os olhos nos meus olhos, tinham um ar surpreso, porém no instante seguinte ficaram como que hipnotizados. E sem palavras estávamos lá frente a frente. Uma emoção imensa me impelia a agarrá-la, tomá-la nos braços, beijá-la. Seus olhos me diziam que era exatamente o que ela esperava de mim. Ficamos ali por alguns poucos segundos. Eternos segundos.

-Sim. Eu quero, agora, por favor. - Ela disse em um sorriso tão lindo.

-Quer o que? Como? - esqueci completamente o que estávamos falando.

-Quero ver Ômega Centauro. Por favor. -E sorriu com jeito de moleca, percebendo que eu estava atordoado.

Meio sem graça eu acertei o telescópio. Coloquei a grande angular de novo para ensiná-la a localizar a nebulosa.

-Aqui. O grande losango do Centauro. Faça uma linha entre estas duas pontas. Perto de um terço dá para ver, está aqui. Parece uma estrela enfumaçada.

-Sim estou vendo. -Ela respondeu sorrindo. E trocou a grande angular por uma ocular com maior aumento. E quando voltou a colocar os olhos na ocular, exclamou exaltada:

-Camarada! Que belíssimo. -Ela estava emocionada. Num impulso ela me abraçou. Senti seu corpo junto ao meu. E tive que me segurar para não beijá-la naquele instante.

-Obrigada. É maravilhoso. Exatamente como meu avô me disse.

Obrigada Carl, não tem ideia do que me proporcionou neste momento.

Eu não fazia ideia mesmo.

-Vamos tirar uma foto. Quero guardar isso. Para recordar este momento. -Acionei o controle e a câmera apresentou a imagem em uma tela ao lado da cúpula. Podíamos ver claramente a imagem de milhões de estrelas agrupadas em uma bola brilhante esfumaçada. Mais um comando e a imagem estava no terminal de Anna. Ela, marcou a hora e data da imagem no seu portátil e arquivou a imagem. Olhando para mim, ela disse:

-Vamos lá embaixo, quero lhe contar esta história. Você vai gostar.

Saímos dali, e fomos até a máquina de exercícios. Teríamos uma hora de exercícios, e ela iria me contar o que causou tanta emoção naquele momento.

-Foi meu avô materno que me falou pela primeira vez das estrelas. Ele despertou em mim a fascinação pelas ciências.

-Conte-me mais. -Estava curioso.

-Pois quando eu ainda era menina, quando íamos visitá-lo, ele me levava até seu telescópio e mostrava-me as belezas o céu. Mostrou-me os planetas gigantes e suas luas. Também Marte, Mercúrio e Vênus. As grandes galáxias. Andrômeda. Nebulosas. Me fascinava a cada vez que eu estava com ele.

-E o Ômega Centauro? - indaguei.

-Como você sabe vivíamos na Rússia, no hemisfério Norte. E de nossa latitude, Ômega Centauro não é visível.

-Mas ele me contava sempre uma história linda. Quando ele era um ainda jovem, fez uma longa viagem ao Brasil. Ele foi um grande cientista. Sua viagem foi para estudar um eclipse no Nordeste brasileiro. Foi com uma comitiva que incluía o grande físico Albert Einstein. A viagem era para verificar a teoria da Relatividade.

-Eu já li sobre esta viagem. - confirmei.

-Sim, foi uma viagem comentada por muito tempo, pois confirmou a teoria de Einstein. Depois do eclipse, e muito encantado pelo Brasil, meu avô decidiu conhecer o restante do país. Separou-se da comitiva, e viajou a várias cidades por todas as regiões.

-Foi para o Norte visitar a rio Amazonas e a grande floresta. Depois seguiu de avião para o Sul do país, onde conheceu as grandes metrópoles.

Ficou encantado com a beleza do Rio de Janeiro, um dos lugares mais lindos que já esteve, segundo nos contava. O alto do morro do Corcovado, onde fica a imagem do Cristo Redentor, este era o lugar mais mágico em que já esteve em vida. Olhando para o mar lá de cima, a visão do morro da Urca, e o Pão de Açúcar com seu bondinho, ao lado a Lagoa Rodrigo de Freitas, e do outro a praia de Copacabana. Ele falava disso com os olhos marejados. E sempre desejava que pudéssemos estar lá um dia. Ele pediu sua esposa em casamento lá no Corcovado.

Ao dizer isso, ela fez uma pausa, estava um tanto emocionada.

Pigarreou para limpar a garganta, e continuou.

-Depois do Rio de Janeiro, foi também a São Paulo. O centro de excelência de estudos científicos deste pais. Ele visitou as grandes universidades daquela cidade. E conheceu Maria. Uma cientista brasileira, por quem se apaixonou.

-Eles viveram um lindo romance. Se amaram e se casaram ainda no Brasil. Viveram no Brasil durante vários anos.

-Sua avó? Ela é brasileira?

-Sim, é brasileira. Eles voltaram para Rússia quando minha mãe ainda era criança. Chegaram a conclusão que o país não daria condições para eles desenvolverem sua ciência. Minha mãe tem dupla cidadania.

-Mas ainda não contei como se apaixonaram. Eles eram astrônomos amadores. Em uma reunião para ver um cometa, eles estavam lá olhando para as estrelas. Ele com seu telescópio tentava localizar o cometa, quando ela o pediu para mostrar-lhe Ômega Centauro. Quando ele a mostrou, ela ficou tão encantada, que o agradeceu com um beijo em sua face.

Ela estava de novo emocionada. Uma lágrima em seus olhos. Parou com uns segundos, e eu a observava com atenção. Eu me aproximei e disse em seu ouvido, sussurrando:

-Eu te amo, Anna.

Ela respondeu comovida.

-Também te amo, Carl.

Olhos nos olhos por alguns segundos, vivemos aquele momento com grande emoção.

Sorrimos e continuamos os exercícios, sem dizer mais nem uma única palavra. Meu coração aquecido e cheio daquele sentimento bom demais.

Depois de uma hora de exercícios, eu estava exausto. Nos despedimos com um olhar terno, e fomos nos preparar para deixar a órbita da Terra.

No horário combinado, estávamos todos reunidos novamente na central de controle que ficava na nave Orion. Tomamos nossos lugares e a contagem regressiva começou. Palmer continuava com suas ordens.

-John prepare os controles. Won, verifique a temperatura dos motores.

Claire prepare sistema de ignição. Carl, quero fotos. Seremos manchete nos principais jornais este fim de semana. Pessoal, Marte aqui vamos nós!

Anna que não tinha tarefa alguma, ficou em seu lugar, com aquele olhar tranquilo. Obtuso.

-Marte 13, Houston. Preparando para ligar os motores principais. Dez segundos para deixar órbita da Terra. Contando.

-Sistema de ignição preparado. -Informou Claire.

-Controles em ordem. -John de prontidão.

-Apertem os cintos, camaradas. -Anna empolgada com Palmer, entrou na brincadeira.

Desta vez nem ficamos mais nervosos. Já estava virando rotina aquela contagem regressiva, ligar os motores e partir para um novo destino.

-Quatro, três, dois, um. E ignição.

Um estrondo e o motor principal ligou e nos colocou em movimento.

Neste exato momento, a lua apareceu no horizonte, por trás da Terra.

-Perfeito. -Palmer empolgado. -Lá está nosso trampolim para Marte.

Próximo destino, Lua.

O motor ficou ligado por alguns minutos, apenas o suficiente para vencer a gravidade e seguir rumo a Lua. Quando finalmente foi desligado, ficamos aliviados, pois o tremor e barulho era muito incômodo. Seguimos para nosso repouso merecido.

17 ATÉ A LUA E ALÉM

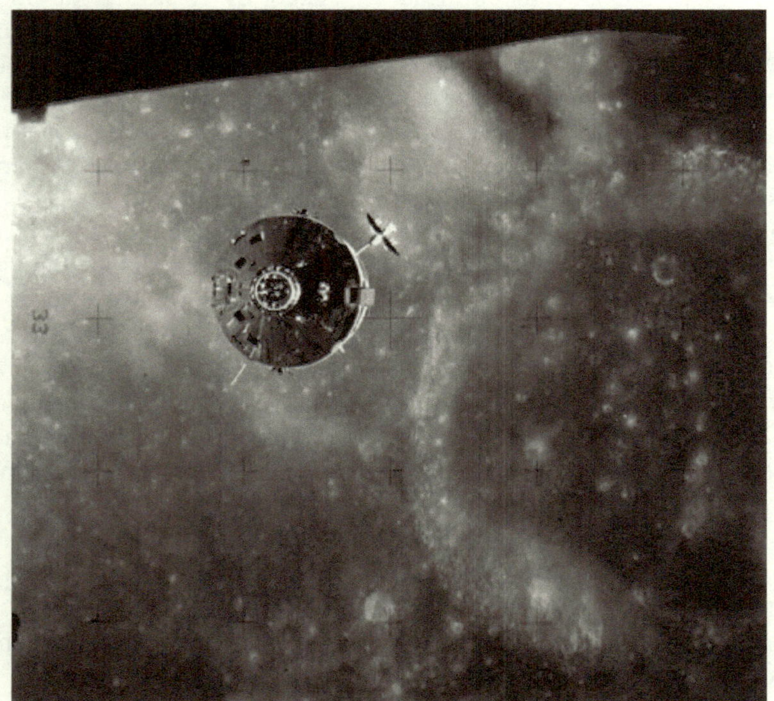

Figura 17: Módulo de Comando/Serviço da Apollo 11 em órbita da Lua (1969)
Crédito: NASA Great Images in Nasa Collection

Quando acordei no dia seguinte, uma luz prateada entrava pela cúpula tocando o outro canto da nave. A lua estava posicionada diretamente a nossa frente.

Mal saí de minha cama, fui direto observar a lua pela cúpula. Lá está ela, enorme, já com o dobro do tamanho que a vemos da superfície da Terra.

Alguém me puxou pelo pé.

-Ei, Carl, deixa de ser bobo, teremos a Lua enorme para nós durante os próximos dez dias. Vamos, eu lhe preparo uma café da manhã.

Anna me puxou e fomos tomar nosso desjejum. Estávamos animados e foi um dia bem descontraído. Talvez fosse a luz da lua nos afetando, ou mesmo a sensação de finalmente estarmos a caminho de nosso destino.

No fim do café da manhã, Palmer disparou as tarefas do dia:

-Carl e Anna, vocês tiveram folga ontem, então farão uma revisão completa nos equipamentos utilizados. Vejam os relatórios do motor principal, do sistema de ignição, dos resfriadores. Quero um relatório completo até o meio dia. Depois podem ir brincar com o Willy. Soube que se divertiram muito ontem. - Disse com um ar debochado.

-Won e Claire, vão trabalhar com o refrigerador substituído. Quero ter certeza que ele está disponível, ou teremos que pedir um reserva para o primeiro reabastecimento. Quando terminarem estarão liberados.

-Eu e John Albert. Quero rever os planos para a manobra de contorno da Lua. Quero ter certeza que tudo está perfeito. Alguém tem alguma dúvida?

-Eu tenho, Palmer. -Eu o indaguei. -Por que vamos estudar os equipamentos, se em Terra, já realizaram estes estudos e tudo estava perfeito?

-Simples, Carl. Não teremos nossas babás em Terra em tempo real daqui alguns meses, e quero vocês todos completamente familiarizados com estes relatórios. Alguém tem mais alguma pergunta idiota? Então todos para o trabalho.

Fui irritado até um canto com Anna me seguindo.

-Carl. Espera. Que coisa. Onde você vai?

Estava muito irritado. E ela chegou pondo panos quentes.

-Pare com isso Carl. Ele está sobre pressão. Deixe isso para lá, temos muito o que fazer hoje.

Ela segurou meu braço. Olhou-me com um olhar doce e depois decidido:

-Pare com isso.

Não houve outro jeito, ela controlou-me. Dei um suspiro resignado e perguntei:

-Onde estão os relatórios.

-Se tivesse esperado, teria ouvido Palmer dizer que estão em nossos terminais. -Ela repreendeu-me.

Liguei o terminal e lá estava a lista dos relatórios que iríamos rever.

Abri o primeiro, e na tela uma lista de indicadores de temperatura, pressão e outros, mostrava a posição de cada sensor do motor principal. Dividimos o trabalho. Eu fiquei com os relatórios dos motores, e ela com o sistema de ignição.

Gerei um gráfico com a temperatura dos sensores e tracei uma linha com a temperatura máxima. Rapidamente foi possível ver que tudo estava em ordem. Comparei com um gráfico de pressão, velocidade. Todos os parâmetros permaneceram o tempo todo dentro das especificações. Uma pequena variação das medidas quase no final do procedimento pareceu-me apenas o sistema desligando.

Assim que terminei mostrei a Anna, que concordou com minhas conclusões. Ela mostrou-me que o sistema de ignição também apresentou funcionamento perfeito. E nos demos por satisfeitos com nosso estudo.

Redigimos um relatório com os resultados e arquivamos em nossos terminais. Enviamos uma cópia para o Comandante Palmer.

Ainda um pouco irritado, pedi para me recolher para ler. Queria me distrair um pouco. Deixei Anna e procurei um lugar tranquilo. Decidi sentar-me na câmara de descompressão, que estava aberta e sem uso naquele momento. Abri meu livro no meu terminal portátil e retomei a leitura que havia começado ainda em Terra.

Enquanto isso, os outros trabalhavam em suas tarefas. Anna, possivelmente foi até o Willy para observar as crateras da Lua.

Tentei me concentrar na leitura, porém de tempos em tempos minha mente divagava para Anna. Ficava imaginando aquele momento em que estávamos tão próximos e como seria simples beijá-la novamente.

Lembrava do sabor de seus lábios e em como foi senti-los tocando os meus, no submarino. Sonhando acordado, minha imaginação completava as lacunas que esta relação em um momento tão impróprio não permitia concretizar.

Fui arrebatado de minhas divagações, por uma voz adentrando a câmara.

-Olá Carl, o que está lendo, Camarada?

Anna adentrou e sentou-se ao meu lado.

-Estou lendo Arthur C Clark. Uma Odisseia no Espaço. Na verdade estou relendo.

-É ótimo. Eu já o li. É fascinante. -Qual o trecho que está lendo?

-Estão discutindo o que fazer sobre Hal 9000, já descobriram que ele mentiu. Conversam se vão desligá-lo.

-Ah sim. E ele está lendo seus lábios pelas câmeras. É um momento de muita tensão. -Ela responde. E continua: -O que acha desta história do livro?

-Sobre o computador enlouquecer e matar os tripulantes? - respondi.

-Não. Estou falando sobre o Monólito. Sobre uma civilização alienígena ter deixado um monólito e contribuído para a evolução dos homens. Não é uma história fascinante?

-Muito pouco realista. -Discordei. -Mas é fascinante sim. Pena eu ser muito pragmático. Mesmo a história do Hal enlouquecer. É uma bobagem tremenda. Os computadores não pensam. Eles executam ordens segundo uma sequência de instruções completamente definidas. As decisões que tomam são cartesianas. Portanto nenhuma contradição seria problema para uma máquina. Mesmo algo contraditório levaria a uma decisão qualquer, sem sofrimento para o computador.

-Você está dizendo isso, para eu não me preocupar com o computador de bordo de nossa nave, não é? -Disse ela, brincando. E continuou:

-Adoro o jeito que ele descreve as coisas. Ele é o tipo que nos faz formar imagens mentais de suas histórias como num filme. -Ela silenciou por um segundo e perguntou:

-Você acredita que encontraremos vida em Marte? Acredita que existe vida lá fora?

Desta vez eu sorri. Olhei para ela e pensei bem antes de responder.

-Eu tinha uma certeza sobre isso. Encélado me dava isso. Eu tinha certeza que encontraríamos algo em Marte, pois em Encélado encontraram.

-Porém, -continuei -depois que soube que Encélado foi uma fraude, ou engano não importa. . Depois disso eu não sei mais nada. Foi uma pena Phoenix ter sido destruída, agora estaríamos bem mais seguros sobre o que teríamos pela frente.

-Ou estaríamos bem seguros em escritórios na Sibéria ou na Califórnia. -Disse ela sem empolgação.

Sorrimos e eu perguntei:

-Quer ver os livros que eu trouxe para me entreter. Posso enviar para seu terminal se quiser.

Ficamos trocando nossos livros por mais um tempo e ela deixou-me só para continuar minha leitura.

No fim da tarde realizamos a primeira entrevista coletiva ao vivo com a Terra. Dezenas de jornalistas reuniram-se em uma sala em Houston, enquanto todos nós estávamos na ponte de Controle na Orion.

Depois das perguntas mais comuns um jornalista do New York Times indagou a respeito da manobra ao redor da Lua. John Albert respondeu com segurança:

-A Lua, é minha velha conhecida. Estive lá e conheço seus mistérios. Mas nosso destino é Marte. Esta manobra ao redor da Lua tem objetivo de utilizarmos sua gravidade para ganhar velocidade para a viagem à Marte. Faremos o contorno e a gravidade será utilizada como um estilingue. Ganharemos velocidade conforme nos aproximarmos da tangente, e quando escaparmos estaremos com o dobro da velocidade atual.

Outro repórter fez sua pergunta para mim:

-Sabemos que tem alguns conhecimentos de fisiologia, Dr Schumann. Acredita que os novos padrões para evitar os problemas com a falta de gravidade serão efetivos?

-Acredito que sim. -Respondi. -Os estudos indicam que não teremos problemas. Analisaremos semanalmente nosso sangue para identificar qualquer alteração nos glóbulos vermelhos, que é a primeira indicação que a doença do espaço está atacando. A NASA divulgará qualquer alteração em qualquer um de nós, de acordo com o novo protocolo de transparência da agência.

-Doutora Ivanova, - disse outro repórter. -Como está indo seu humor, a morte recente de seu marido, contribuiu para sua decisão de participar da missão?

Antes de Anna poder responder, o mestre de cerimônias em Houston cortou:

-Por favor, senhor. Avisamos para não tocar em assuntos pessoais, Próximo? -Anna interrompeu-o e respondeu:

-Deixe-me respondê-lo. William, do Boston News, não é? Em primeiro lugar, a morte de meu marido já está completando três anos. Não diria que isso é recente. Segundo, minha participação nesta viagem é certa há mais de cinco anos. Durante este tempo todo tenho me preparado para isso. Esta é minha vida. Meu objetivo de vida. Estou aqui para cumprir minha missão com meu país, com esta equipe e com toda a humanidade. Vamos confirmar que em Marte existe realmente vida, ou não. Faremos isso e este é meu objetivo científico aqui. Quanto a insinuação de eu estar fugindo de algo, tenha certeza que eu estou indo diretamente para meu destino, camarada. Meu destino é estar diante daquelas amostras e ver com estes olhos, meus próprios olhos, os primeiros seres alienígenas que a humanidade já encontrou.

Os repórteres ficaram impressionados com a resposta de Anna. Mas eu percebi uma gafe e esperei que ninguém mais tivesse percebido. Ela falava como se ainda não tivessem encontrado vida antes de nossa viagem. Os repórteres ainda não sabiam que Encélado era um erro. O que ela disse não fazia muito sentido. Um dos repórteres no entanto, leu as entrelinhas e se dirigiu diretamente para o diretor Gavin, que estava em Houston:

-Doutor Gavin. Estou curioso sobre os rumores de que a descoberta de Encélado tenha algum problema. Alguns rumores falam até que não sejam bactérias as imagens das sondas. Que novidades o senhor tem para a opinião pública a respeito disso?

-Eu gostaria de tomar as palavras de nosso Presidente. No seu discurso, aqui mesmo neste local, ele falou sobre os novos estudos com os dados de

Encélado. Estamos fazendo estes estudos que ele citou e assim que tivermos conclusões iremos manter todos informados.

-Estes estudos descartam a possibilidade de que as imagens não sejam bactérias? -Insistiu o repórter. Um rumor tomou conta da sala e os fotógrafos fuzilaram Gavin com dezenas de flashes. Ele olhou para o lado, como que buscando apoio e respondeu:

-Os estudos não descartam nada. Estamos estudando. Temos dados em grande quantidade. E esperamos ter uma resposta definitiva em algumas semanas. Gostaria de lembrar a todos, que a NASA quando da divulgação da descoberta de Encélado sempre chamou as imagens de "supostas imagens de bactérias", e que somente poderíamos confirmar vida em outro planeta depois dos estudos posteriores. Estudos estes que estão em fase de conclusão. Prometemos um pronunciamento no momento certo. Alguém mais?

E levantou e terminou a coletiva deixando os repórteres tentando arrancar mais informações sobre Encélado. Estavam preparando para divulgar a verdade, deixando os rumores avançarem e a opinião pública começar a duvidar da descoberta. Com a opinião pública duvidando, seria mais simples divulgar a falha.

Na nave Marte 13, os dias seguintes foram tranquilos e calmos. Longas leituras e muitos exercícios. Não tínhamos mais relatórios para analisar e nenhum equipamento para mover. O tédio começou a mostrar o que teríamos nos próximos meses.

A cada dia que passava a Lua tornava-se maior e maior. Estávamos nos aproximando e no fim do quinto dia ocupava metade do céu. A cúpula estava totalmente coberta com a imagem de milhares e milhares de crateras de todas as formas e tamanhos. A visão da lua pelo telescópio era algo assombroso. Fizemos centenas de fotos e enviamos muitas para Terra.

No sétimo dia a manobra para contornar a Lua seria realizada. Pela primeira vez estaríamos por nossa conta. Ao contrário de outras missões para a Lua, não ficaríamos nenhum momento sem comunicação com a Terra. Um conjunto de Satélites ao redor da Lua fariam a retransmissão das mensagens permitindo manter a comunicação mesmo quando estivéssemos no lado escuro.

No entanto, iríamos perceber pela primeira vez o problema na comunicação. O sistema não poderia ser operado remotamente devido ao atraso que os satélites acrescentariam. Apenas alguns segundos, porém reações imediatas eram necessárias para esta manobra. Assim seria John e nossos computadores de bordo que tomariam todas as decisões. O controle de Houston apenas nos manteriam informados se tudo estava de acordo com o planejado.

John parecia entediado. Palmer porém estava muito nervoso. Pela primeira vez teria todo o controle da situação. Seu nervosismo era facilmente identificado pela sua feição e pelo tom de sua voz.

-Senhores, senhores. Tomem seus lugares. A nave já começou a contornar a Lua. Em minutos teremos que acionar os motores e deixar a Lua para trás. John, atento com os controles da nave. Won, mantenha os olhos grudados nos sistemas de resfriamento. Claire, sistema de ignição do motor principal. Anna, preciso de sua ajuda, fique de olho nos sistemas de posicionamento. Quero que mantenha as informações atualizadas. Qualquer variação da meta informe imediatamente. Carl, você...

-Fico com as fotos, eu já sei. - interrompi.

-As fotos. Isso. Aproveite a máxima aproximação com a Lua. Todos a postos.

-Sistema de ignição pronto. -Claire começou de novo com a mesma ladainha. Eu já estava começando a achar isso repetitivo.

-Posição em zero. -Anna informava que estávamos em cima da meta traçada.

-Computadores prontos para tomar o controle e acionar motores. Está calculando em cinco minutos e dez segundos para ignição. - John fazia sua parte.

-Sistema de resfriamento em verde. -Won completa.

-O motor estará pronto a tempo Claire?

-Sistema de ignição pronto a qualquer momento, Palmer. Basta o acionamento. -Claire responde imediatamente.

-Anna, como estamos indo? -Palmer não se continha em si. Enquanto não executássemos a manobra não pararia de martelar suas ordens.

-Em zero. Estamos em zero. Devo informar quando sair do zero? Ou devo ficar gritando zero até você calar a boca? -Respondeu Anna irada.

Palmer nem respondeu. Como se não tivesse ouvido nada, continuou:

-Todos a postos, dois minutos e contando. John prepare-se. Controles prontos?

-Controles prontos, Palmer. -John respondeu já irritado também. -Será que poderia relaxar um pouco, acho que nossos treinamentos não incluíram um comandante descontrolado.

-Olhe como fala, John. Quer que eu tome o controle da nave? -Palmer estava possesso.

-Quer tomar conta de tudo? Fique à vontade. -E John começou a desligar seu terminal e soltar os cintos da poltrona que estava sentado.

Palmer o olhou atônito, enquanto Anna começou a rir baixinho. Claire e Won olharam-se e deram de ombros. Claire continuou sua parte:

-Sistema de ignição pronto. Contagem em um minuto.

E Won continuou a provocação:

-Temperaturas em Verde.

Palmer aos berros, tentou persuadir John a voltar ao seu lugar:

-John, você está doido? Volte imediatamente ao seu posto. Quer nos matar a todos? O que está pensando.

-Cale sua boca, seu idiota. Acha que faço alguma diferença nesta manobra? Esta nave está pronta para fazer a manobra por si mesma. É idiota ficar fingindo que faz alguma diferença ficarmos aqui sentadinhos olhando os computadores trabalhando. Deixa disso.

-Trinta segundos. -Claire, começou a ficar nervosa com aquilo. Parecia que John não voltaria ao seu lugar.

-Anna, tome os controles. Prepare-se para comandar a nave. -Palmer tentou algo nos últimos segundos. E conseguiu. Ouvindo isso, John retornou ao seu lugar, ligou o seu terminal e continuou de onde tinha parado:

-Dez segundo para ignição. Nove, oito, acionando ignição. Seis, cinco, quatro, três, dois, um.

Um novo estrondo e a nave começou novamente a vibrar. Os motores principais estavam ligados pela última vez nos próximos meses.

-Em zero, em zero. -Anna repetiu após alguns segundos. A sensação de movimento e a Lua tão próxima parecia nos dar a ideia que iríamos nos espatifar em sua superfície. Ela ficou assustada.

-Claire, acompanhe a trajetória, por favor. -Palmer pediu, desta vez mais educadamente.

Depois de alguns segundos com o motor principal no máximo. Won, começou a gritar:

-Em azul, em azul. Temperatura em azul.

-Manter procedimento. Manter procedimento. -Palmer repetiu.

-Motores com pressão subindo.- Claire com a voz nervosa. -Temos problemas Palmer.

-Amarelo, Amarelo. -Won já não falava tudo em inglês. Repetiu algumas frases em mandarim.

John ergueu os olhos, e começou a teclar em seu terminal:

-Colocando sistema no manual. Reduzindo motores para sessenta por cento. Preparando recalculo de trajetória. -John retomou o controle da nave.

-Estamos fora da meta. -Anna gritou. -Vinte metros. Cinquenta. Oitenta.

-Pare Anna, sem motores no máximo a meta foi para o espaço.

-Ordenou Palmer. - Won, como está a temperatura?

-Amarelo. E reduzindo.

-Motores em cinquenta por cento. -John tentava controlar a temperatura reduzindo a potência. -Não posso diminuir mais, senão permaneceremos na órbita da Lua.

-Temperatura reduzindo mais. Azul. Temperatura no Azul. Estamos no controle! -Won repetiu entusiasmado.

-Marte 13, Houston. Abortar manobra. Repito, abortar manobra. Níveis de temperatura no amarelo.

-Manter manobra. - Ordenou Palmer – Eles estão com atraso. Não sabem que já controlamos. John, como estão os cálculos da nova trajetória?

-Aumentando motores para setenta por cento. Vou precisar de ajuda. Claire? -John continuava controlando a nave.

-Acionando cálculos com nova trajetória. Manter motores a setenta por cento por… Espere um minuto, está processando aqui.

-Vamos Claire, não temos o dia todo. -resmungou Palmer.

-Aqui está, quarenta segundos. Depois diminuir para trinta por cento.

Temperatura Won? -Claire estava nervosa.

-Subindo devagar... Mas ainda no azul. Acho que quarenta segundos vai dar..

Depois dos quarenta segundos, John continuou:

-Diminuindo motores para trinta por cento. -John fez a última parte da manobra.

O ar parecia cruzado por um fio de tensão. Eu me agarrava a minha poltrona. Os outros com as faces marcadas, concentradas. Por alguns segundos todos esperaram.

-Temperatura caindo para verde. Motores em perfeito funcionamento.

-Won já mais tranquilo.

E todos bateram palmas aliviados.

-Desligando os motores em cinco, quatro. . -John começou a última contagem regressiva até Marte.

-Dois, um.

E após um clique, um silêncio enorme tomou conta da nave. Ouvia-se apenas a respiração ofegante dos tripulantes.

-Marte 13, Houston. Abortem imediatamente. O que estão fazendo. Não passar para manual. John o que é isso.

E Palmer desligou o rádio.

-Deixem eles assustados um pouco. Em alguns segundos vão saber que tudo está bem. John prepare os motores secundários para correção da rota.

-É seguro acionarmos os motores novamente? -perguntei assustado.

Palmer respondeu:

-Os motores secundários necessários para a manobra foram testados. Estão em perfeito funcionamento. E se demorarmos demais, não haverá combustível para fazer o ajuste na trajetória. Claire, prossiga.

-John, manter motor secundário número três por dez segundos. Depois o número dois por três segundos. Isso corrigirá nossa direção. Acionar em três segundos. -Claire continuou descrevendo os cálculos do computador.

-Dois, um. -E John acionou o motor. -Won acompanhe a temperatura.

-Temperatura em verde. Tudo sobre controle. -Won respondeu atento.

-Retornando à rota. -Anna completa. -Ângulo da trajetória em vinte graus e diminuindo.

Todos estavam atentos aos seus terminais. Uma linha amarela cruzava um ponto que representava nossa nave, e na outra ponta uma pequena esfera vermelha: Marte. Uma outra linha vermelha formava um ângulo de vinte graus com esta linha. Era nossa trajetória atual.

-Girando. Dez graus. Nove. -Anna continuava. -Aproximando da rota.

-Desligando motor três. Acionando motor dois. Três, dois, um. Desligando motor dois.

A nave tremeu mais um pouco e tudo silenciou novamente. Por alguns segundos esperávamos a nave estabilizar, para verificar se conseguimos restabelecer a rota. Troquei olhares com Palmer, nervosíssimo, e com Claire que estava suando frio. Anna não tirou os olhos do terminal, esperando o computador confirmar a rota.

-Rota em zero. -Anna disse em júbilo.

Novas palmas. Comemoramos muito. Desligando seu terminal e soltando os cintos de segurança, Palmer tomou a palavra:

-Sinto muito pessoal, acho que eu me excedi.

-Eu que lhe devo desculpa. -Disse John. -Acho que estávamos os dois errados.

-Você fez um ótimo trabalho. Todos fizemos. Acho que o treinamento foi bastante efetivo. -E riu descontraidamente. Mas logo a seguir fez uma carranca quando se deu por si:

-Não é possível acontecer o mesmo problema com o motor principal. Os motores secundários deram problema de aquecimento e os motores principais, também? Outro problema qualquer até vai, mas o mesmo problema? Vamos ter que investigar isso. Imediatamente.

-Vamos precisar destes motores para voltar de Marte! -exclamou Anna.

-Sim. E até lá teremos que resolver este problema. Precisaremos dos motores em força máxima por vários minutos para nos livrar da órbita de Marte e pelo que vimos, não temos isso agora. -Palmer coçava a barba pensativo. -Quero todos nos computadores analisando os dados.

Precisamos saber o que houve. O motor funcionou ao deixar a órbita da Terra. Por que falhou agora?

-Teve aquela flutuação de temperatura ao final da saída de órbita Palmer. -Lembrei-me.

-Palmer, eu tenho um palpite. -Won interveio. -Vou diretamente verificar as folhas de isolamento térmico.

-Acha que é exatamente o mesmo problema? -Palmer perguntou. -Falta das folhas de isolamento?

-As folhas do motor secundário não escaparam no lançamento, Palmer. Elas nunca estiveram lá. Não foram instaladas. Acho que podemos ter algo bem mais sério ali.

Palmer coçou a barba e liberou todos para os terminais. Ficamos as horas seguintes analisando cada entrada nos relatórios da manobra. O sistema de resfriamento logo se mostrou o problema. O mesmo problema que aconteceu com os motores secundários. Algumas horas depois Palmer nos convocou para uma reunião na ponte de controle.

-O problema já foi identificado. Faltaram folhas de isolamento no sistema de resfriamento. Isso fez os radiadores falharam. Na saída da Terra o sistema de aquecimento aguentou. Mas já estava começando a falhar nos últimos segundos. Felizmente estávamos atentos à temperatura. Mais três segundos de motores no máximo e a nave explodiria em pedaços. Falei com Houston e trocamos nossas informações. Eles analisaram a papelada da construção da nave. E encontraram uma coisa assustadora.

-As folhas não foram instaladas, não é? -Perguntou Won, que já adivinhava o que viria a seguir.

-Não, as folhas não foram instaladas. Os relatórios de construção indicaram que um mesmo empregado foi responsável pela instalação, e pela vistoria. Ele assinou todos os papéis.

-Fomos sabotados? -Anna exclamou, espantada.

-Sim. Fomos sabotados. -Palmer continuou. -O empregado foi preso e confessou tudo. Ele trabalhou com a instalação do sistema de isolamento térmico. Teremos que vistoriar todos os itens que ele instalou e vistoriou. Vamos ter que realizar uma EVA nos próximos dias. Felizmente, sabendo o que houve, poderemos corrigir o problema com o motor e não nos preocuparmos com o retorno.

-Por que ele quis sabotar a nave? - eu perguntei a Palmer.

-Não descobriram nada ainda. Estão investigando. Porém ele parece um pacato pai de família completamente normal, sem ligações com grupos terroristas ou o que quer que seja. -Palmer respondeu. -Não descartam a possibilidade de ser uma rixa com seu antigo chefe.

-Que história maluca. -Claire saiu de seu canto. -Vamos fazer a EVA amanhã? Palmer, serão eu e Won novamente?

-Não. Desta vez vai Anna e você. Quero Won aqui para fazer algumas tarefas. E não será amanhã. Houston ainda está preparando o roteiro da saída. A lista de itens a verificar não está pronta.

-Por que não vai o Won? -Perguntei um pouco agitado.

-Precisamos estar todos preparados para caminhadas espaciais. Vai ser a estreia de Anna. A sua estreia fica para a próxima. Depois que isso estiver pronto precisamos conversar , certo?

-Certo. -Respondi, já imaginando o que viria. Anna olhou-me com um olhar reprovativo.

Fiquei encucado por Palmer ter recrutado Anna no lugar de Won. Anna e Claire recolheram-se à câmara de descompressão, enquanto nós seguimos nossa rotina: exercícios e minha leitura. Porém não conseguia tirar da minha cabeça a sabotagem que quase tinha destruído nossa nave.

18 LONGA ROTINA

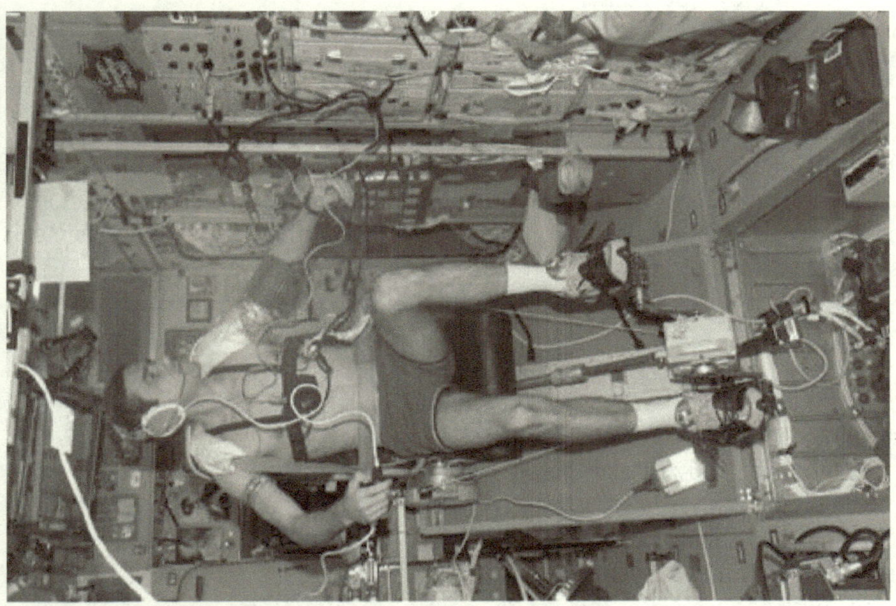

Figura 18: Cosmonauta Yuri I. Malenchenko se exercitando na Estação Espacial Internacional. (2003) Crédito: NASA Human Spaceflight Collection

No dia seguinte, Anna e Claire realizaram a caminhada espacial.

Instalaram as folhas de isolamento que faltavam e fizeram a manutenção no resfriador danificado. As atividades duraram quase sete horas, e a tarefa foi realizada com sucesso.

Enquanto elas estavam fora, Palmer e John acompanhavam cada passo da caminhada. Na fase final, eles ficaram em reunião isolada na sala de controle com Won. John participou por algum tempo mas depois foi fazer seus exercícios. O clima da missão não estava nada bom.

Quando Won deixou a sala de controle, eu fui procurá-lo.

-Está tudo bem, Won? -Perguntei como quem não quer nada.

-Como poderia? Alguém quase explode a nave e mata todos nós!

-Não seja dramático. -eu respondo. -Porque Palmer não fez você ir lá com Claire?

-Ele queria conversar comigo antes. E não queria adiar a saída. Ele precisava tirar uma dúvida comigo.

-Não entendo. -eu fiquei intrigado.

-Ele tinha que me contar mais sobre o sabotador. O técnico que não instalou as folhas isolantes é de origem chinesa.

-Ele é chinês? -perguntei

-Não. Ele é filho de chineses. Não tem nenhuma ligação atual com a China. Foi criado como americano. - Won explicou. -Palmer queria saber se eu o conhecia.

-Palmer pensou que você poderia estar ligado à sabotagem? Que absurdo! - Fiquei indignado.

-Não é nada disso. Ele só não queria que os outros soubessem do chinês antes de falar comigo. Não sou o tipo suicida. Ele sabe disso. Vamos deixar isso para lá, Carl. Precisamos superar isso, tudo está resolvido agora.

-Está certo. Mas não ficou nenhuma dúvida por parte de Palmer a seu respeito?

-Nenhuma, Carl. Ele reafirmou sua confiança em mim. Inclusive tem uma missão para nós dois. Depois eu te conto mais. Preciso fazer meus exercícios. Aliás precisamos. Vamos?

Fomos fazer nossos exercícios. E ficamos quietos todo o tempo.

Tínhamos muitos pensamentos para colocar no lugar.

Anna e Claire deixaram a câmara de descompressão e nos cumprimentaram. Estavam exaustas.

O fim daquele dia foi muito calmo. Assim como os vários dias seguintes. Logo a rotina tomou conta. Dia após dia os mesmos exercícios, alimentos desidratados, algum tempo de estudos e voltar a dormir.

Anna dedicava-se muito à astronomia. Estudava os livros e as últimas publicações científicas da área. Em poucos meses ela já começou a escrever seus artigos. Usava o pequeno Willy para análises iniciais e depois conseguia tempo nos telescópios em Terra. Possivelmente concediam o tempo para ela, devido à sua condição de isolamento. Porém ela evoluía rapidamente nos seus estudos.

Depois de dois meses ela conseguiu sua primeira publicação em uma revista científica. Seria inédito um pesquisador conseguir publicar algo direto do espaço. Mas não seria a última vez. Ela produzia ciência com velocidade e qualidade.

Eu, por outro lado, não tinha o mesmo entusiasmo. Procurei revisar os nossos sistemas que usaríamos em Marte para detectar vida. Revisei também as rotinas de isolamento. Ainda não estava muito seguro a respeito dos procedimentos, porém não havia mais nada a fazer.

A viagem foi muito tranquila. Os meses se passaram e logo teríamos o encontro com Marte.

O que quebrou a rotina estes meses foi a tarefa que Palmer atribuiu a mim e a Won. Fizemos duas caminhadas espaciais para a vistoria completa nos equipamentos instalados ou vistoriados pelo sabotador. Palmer queria garantir que os equipamentos estava em perfeitas condições.

A EVA foi um momento mágico. Flutuar no espaço praticamente livre é aterrador e ao mesmo tempo maravilhoso. Cada atividade minha no exterior da nave era acompanhada com atenção por Anna. Ela ficou mais assustada comigo fora do que quando ela estava realizando sua saída.

As vistorias que realizamos indicaram que os equipamentos estavam em perfeitas condições. Não teríamos nenhum outro problema até o momento do pouso em Marte. A missão seguiria com sucesso até lá.

Sucesso, menos para mim.

Em uma noite acordei no meio de um sono agitado. Verifiquei que tinha ainda duas horas de repouso. Porém, despertei de tal modo, que não conseguiria dormir novamente.

O ambiente estava na penumbra, e eu fui até o centro de controle da nave, no módulo Órion. Won estava lá sentado em seu plantão. Roncando.

Fui até o rádio. Acionei-o.

-Houston, Marte 13. Quem está na escuta?

Um breve silêncio devido ao atraso e ouço uma voz familiar.

-Marte 13, Houston. Quem fala aqui é Cláudio. Schumann, você não deveria dormir? Algum problema? Onde está Mister Won?

-Está tudo bem, liguei só para conversar, Cláudio. Vi na escala que era você no plantão. - Procurei tranquilizá-lo.

-Entendido. Está tudo bem com você amigo?

-Estou me sentindo entediado. Você tem alguma novidade por aí? - reclamei.

-Bom, já faz quatro meses que partiram. Aqui começaram com a agitação para eleição presidencial, começaram as primárias. O Presidente é candidato favorito. Porém um boato está circulando por aqui que pode atrapalhá-lo. Você sabe alguma coisa sobre Encélado?

Um frio percorreu minha espinha. Tive que calcular rapidamente o que poderia dizer naquele instante. Preferi omitir. Meu amigo entenderia.

-Desde quando você dá ouvido a boatos? - desconversei.

-Não costumo. Mas é coisa séria. Estão até falando em fraude na

NASA. É assunto de todos os jornais. - ele insistiu no assunto.

-Não existe a menor possibilidade de fraude da NASA. Disso eu tenho certeza. Mas, mudemos de assunto, fale de amenidades por favor.

-Tá certo. - ele cedeu – Minha filha voltou do Brasil no último fim de semana. Está tão diferente!

-O que ela foi fazer por lá? - perguntei curioso.

-Ela passou seis meses na indústria aeronáutica. Ela trabalha com os motores de aviões, e está participando do projeto de um jato de passageiros de grande porte. Ela é engenheira.

-Os trópicos devem ter feito bem a ela. - e meu pensamento fugiu em um devaneio em uma praia de águas quentes, e um sol brilhante. Fiquei vendo pessoas desfilando de pouca roupa, sorridentes, enquanto a brisa roçava os cabelos.

-Você ainda está aí? -Perguntou Cláudio.

-Perdi o raciocínio. Me diz, tem tido notícias do Dr. Peter Martin?

Mandei umas mensagens para ele, e não obtive resposta.

-Sinto muito. -utilizando uma voz séria, o que me preocupou – Ele anda meio adoentado. Muito sol no Hawaii. Nada sério, só uma insolação, mas ele ficou internado. Ele já não é uma criança não é?

Me irritei na hora.

-Quanto é que alguém aí planejava me contar?

-Calma, Schumann, ele já está bem. Parece que preferiram ver até onde ia a situação.

-Eu preferiria poder me despedir de meu amigo, caso fosse sério a ponto de isso ser necessário -Resmunguei. - Não deixe de avisar sobre estas coisas, Cláudio. Conto com você. Manter estes filtros de informações para nós é ridículo. Imagina se acontecesse algo a alguém da família do Comandante Palmer. Se não o contatassem imediatamente, acho que ele era capaz de estragar alguma coisa aqui. -Sorri com a imagem do Comandante quebrando as coisas irritadíssimo.

Cláudio, deu uma longa gargalhada, e num súbito, mudou de tom:

-Acabo de me lembrar de algo. Você conhece uma senhorita chamada Helen? Helen Guinle?

Comecei a procurar na memória tal nome, mas era-me completamente estranho. Só pude responder que nunca tinha ouvido falar. E ele não deixou por menos e explicou quem era a moça.

-Ela foi a um programa de TV dizendo que era sua noiva. E que você a deixou aqui na Terra grávida de um filho seu! -Sorria enquanto dizia cada palavra.

Por alguns segundos eu fiquei perplexo. E tentei pensar em alguém com quem tivesse saído nos últimos meses. Mas era impossível. Os nove meses antes da partida foram de celibatário. Os lábios de Anna durante o treinamento foi o máximo que me aproximei de uma mulher.

Não que antes disso eu tivesse tido uma vida solitária. Até tinha saído uma vez ou outra. E tinha aquela senhorita que eu sempre reencontrava. E sempre era bom. Mas, Helen. Helen não conhecia.

Antes que eu enlouquecesse, Cláudio rindo continuou:

-Ficou quieto aí? Deixa de ser bobo, Schumann. Isso foi logo depois que partiram. Ameaçaram fazer exame de DNA na criança e ela voltou atrás. Disse que se confundiu. Uma palhaçada. Ninguém te contou a história?

-Que susto, seu palhaço. Está querendo me matar?

-Desculpe, Schumann, eu não resisti. Me diz uma coisa, como está a Anna?

-Ela está bem. Tomou conta do Willy, o telescópio, e está consumindo cada segundo por aqui estudando astronomia. Acredita que ela já enviou mais de dez artigos para revistas científicas? E já publicou dois! Não sei como ela consegue ser tão produtiva, nesta caixa de loucos. Claire está me matando de raiva. Ninguém aguenta o mau humor daquela mulher. É de doer.

-Vou lembrar disso para sincronizar meus plantões com o descanso dela.

-Uma ótima ideia Cláudio. Agora tenho que ir.

-Espere Carl. Quando perguntei por Anna, eu queria saber como estão você e ela. Entende?

-Nem fale sobre isso, Cláudio. -E cortei logo o assunto. -Tenho mesmo que ir. Até logo Cláudio e não deixe de me dar notícias de Peter.

-Positivo. Estarei atento e informarei.

Voltei para minha cama e tentei pegar no sono. No entanto, se até Cláudio a milhares de quilômetros já havia percebido que algo acontecia entre mim e Anna o que diria dos outros tripulantes? Palmer esqueceu-se completamente daquela conversa que me prometeu antes da caminhada espacial de Anna. Será que ele deixou passar para ver o que viria a seguir?

Fiquei encucado e passei o resto da noite em claro.

No dia seguinte a esta noite maldormida, realizei mais uma vez meu exame de sangue semanal. E após recolher a amostra o sistema apitou e apresentou um sinal em amarelo. No mesmo instante Palmer me chamou na ponte de controle:

-Carl, seu exame. Está com problemas.

Os outros vieram atrás para ver o havia.

-Estou bem, acho que foi uma noite em claro que tive ontem. Estou me sentindo ótimo. -Tentei diminuir o problema.

-Vamos ver isso. -Palmer começou a ler os resultados. E pedia outros exames na amostra através do terminal. Logo seu semblante começou a ficar preocupado. -Problemas Carl, problemas. Teremos que enviar uma mensagem a Houston para determinar o que fazer.

-O que foi? -Perguntei assustado.

-Seu nível de glóbulos vermelhos. Diminuiu muito. Você tem tomado os remédios?

-Claro que sim. Não entendo. O que faremos? -Estava preocupado com a missão.

-Vamos informar Houston. Os médicos em terra mandarão orientações. Não deve ser nada, Carl. -Palmer tentou nos acalmar.

Anna aproximou-se com os olhos ternos e colocou uma das mãos em meu ombro.

-Vai tudo dar certo, amigo. -Disse com a voz um pouco embargada.

-A rotina deverá prosseguir. Por enquanto Carl deve continuar os exercícios. Pelo menos enquanto não sentir nenhum outro sintoma. Todos continuem com suas tarefas. Vamos lá.

Todos dispersaram e fiquei no controle com Palmer e Anna. Ela começou:

-Não está nada bem. Vocês sabem que este exame é conclusivo. Nós temos que retornar. Carl está condenado se prosseguirmos. Se voltarmos agora estaremos em quatro ou cinco meses na Terra, e ele terá uma chance.

-Como você acha que retornaremos? Não temos combustível para frear nossa velocidade e ainda retornar. Só temos o suficiente para correções de rota até Marte e depois para deixar a órbita de Marte de volta à Terra. A gravidade de Marte fará a maior parte do esforço para a frenagem e para ganharmos velocidade em direção a Terra.

-Mas assim levará mais quatro meses para chegar ao ponto onde estamos. -Disse Anna.

-Dez meses. Não podemos retornar antes devido ao alinhamento de Marte e a Terra. Ficaremos seis meses em Marte. -Eu a corrigi.

-Não vamos nos precipitar. Foi só um exame. Sabe que o procedimento só diagnostica a doença em três exames seguidos. Somente em três semanas devemos ficar preocupados. -Palmer tentava de todas as formas acalmar Anna.

-Eu li os procedimentos, não existe esta história de três exames. O tratamento deve iniciar imediatamente. Vamos continuar tudo da mesma maneira? Vamos condenar Carl à morte? -Anna não acreditava naquilo.

-Não fale de mim como se eu não estivesse presente Anna. -Tomei controle da situação. -Eu estou aqui e estou bem. Vamos continuar. Eu li tudo sobre a doença. Tenho consciência do que virá a seguir. Posso melhorar, ou piorar. Mas não quero mudanças na missão. Continuemos. Você está aqui e pode fazer minha parte na missão, caso eu falte. Não quero mudanças e isso não está em discussão mais.

-Mas Carl. . -Anna ainda tentou persuadir-me. Eu me aproximei a abracei forte e sem pensar lhe beijei.

Ela começou a chorar. Encostei sua cabeça em meu ombro. Ela soluçava. Palmer colocou suas mãos sobre nós.

-Vocês dois tem que parar de fingir que não estão envolvidos. Todos aqui já sabemos. Vocês assumam o que sentem. Eu cuido de Houston.

Informarei a eles o que está acontecendo. Diante do que pode vir a seguir acho que vão aceitar a situação numa boa.

Ele saiu e deixou eu e Anna sozinhos. Ficamos nos olhando e sem saber o que fazer. Eu tinha recebido uma condenação à morte em poucos minutos. Mas também tinha recebido uma benção sobre meus sentimentos por Anna. Uma mistura de dor e alegria me deixou sem ação. E via em Anna os mesmos sentimentos desencontrados.

Toquei sua mão e nos beijamos apaixonadamente. Nossos corações se entrelaçaram naquele momento mais dramático que já tive em minha vida.

As lágrimas não pararam. Em segundos nada estava ao nosso redor.

Somente eu e ela e nossos lábios. E nossas lágrimas.

19 CHEGANDO À MARTE

Figura 19: Concepção Artística da nave Mars Reconnaissance Orbiter MRO em órbita de Marte. (~2005) Crédito: NASA/JPL

Nos dias seguintes a rotina foi embora. Houston passou-me um novo conjunto de exercícios mais leves, além de medicamentos diferentes.

Não mostraram-se confiantes, porém não me deixaram desanimar. Segundo eles calcularam, um ou dois tripulantes iriam apresentar problemas. Porém a expectativa era que a doença se apresentasse nas fases finais da viagem, quando estaríamos em Terra em poucos meses.

Alguns momentos juntos enquanto fosse possível.

Depois de um mês e quatro exames indicando que os glóbulos vermelhos estavam baixos, mas sob controle, nos aproximamos de Marte e os preparativos para os momentos mais decisivos da viagem estavam chegando.

A Terra já era uma pequena estrela azulada. Marte, uma esfera vermelha a nossa frente. Sua visão era espantosa. As calotas polares e as falhas geológicas, no passado confundidos com canais, estavam nítidos e preenchiam nossas retinas já entediadas pela escuridão do céu dia e noite.

Fiquei muito ocupado por vários dias registrando fotos do planeta vermelho. Mas nenhuma imagem, por mais detalhada que fosse poderia substituir a sensação de estar frente a frente com aquela visão. As fotos que estudamos sobre Marte não chegavam nem perto do espetáculo que presenciávamos.

Conforme aproximávamos Palmer ficava mais e mais agitado. Sua responsabilidade nos próximos passos colocaria nossas vidas em risco.

Passou meses revendo os procedimentos de pouso e de decolagem, tornando a vida de John nada agradável.

Claire continuava com seu mau humor. Deduzi que a solidão de seis meses que ela passaria na nave a estava afetando. Nós cinco iríamos pousar em Marte e ela ficaria na nave sozinha.

Depois do incidente com a sabotagem, Won passou alguns dias chateado, porém logo recuperou-se e seguiu fazendo suas atividades com muita precisão. Nossas caminhadas espaciais foram importantes para ele retomar a confiança.

A chegada a Marte nos traria três atividades antes do pouso: entrar em órbita de Marte, realizar a acoplagem com a nave Phoenix que pousaria em Marte e nos separar da dupla Marte 13 e Orion, que seria a morada de Claire.

A primeira etapa foi um sucesso, a nave vinha realizando pequenas correções de trajetória utilizando os motores secundários de forma que a aproximação com Marte já colocou a nave em órbita.

Depois de algumas órbitas em Marte e milhares de fotos, nos aproximamos da nave Phoenix três. A nave havia seguido em nossa frente lançada da Terra seis meses antes de nossa partida. Na nave estava o módulo de pouso em Marte e a nave que nos traria de volta à órbita seis meses depois. As barracas onde passaríamos os meses seguintes em solo já estavam no acampamento que chamamos carinhosamente de ninho da

Phoenix. Foram vários lançamentos da Terra para levar todos os equipamentos que usaríamos na missão.

-Claire, verificar sistemas de acoplagem. -Palmer começou suas ordens depois de meses sem nenhuma atividade crítica. -Apertem os cintos e todos atentos. Anna, não tire os olhos dos sensores de aproximação. Won, atento à temperatura dos motores secundários. John, os controles, acionar os controles automáticos.

-Certo, Palmer. Controles automáticos acionados. -John acionava seu terminal, e a nave começou com um leve tremor. Um pequeno zumbido indicava que os motores estavam aquecendo.

-Temperatura em verde. -Won informava.

-Phoenix aproximando-se. Velocidade perfeita. -Anna falava sem tirar os olhos do terminal.

Eu acionei as câmeras externas e procurava com meu terminal a posição da Phoenix. Alguns segundos e a imagem apareceu. Coloquei a câmera dois para seguir a nave no automático.

-Claire, sistemas de acoplagem estão perfeitos? -Palmer agitado.

-Sistemas em perfeito funcionamento. Previsão de acoplagem em um minuto.

O procedimento foi realizado com precisão. A nave Phoenix acoplou na escotilha número dois. Localizada na direção contrária da tubulação da Cúpula do Willy, a escotilha foi aberta no mesmo dia da acoplagem.

A nave Phoenix estava recheada de suprimentos que seria em grande parte utilizada por Claire. Os dois dias seguintes foram necessários para transferir tudo para a nave Marte 13.

Foi muito trabalhoso, porém eu mesmo não fiz muito. Minha tarefa foi bem mais complexa. Eu e Won trabalhamos para transferir o bloco de carga para a nave Phoenix. Utilizamos um braço robótico da Phoenix para desencaixar o bloco de nave Orion e prendê-lo na nova nave.

O dia seguinte foi muito triste. Claire não conseguia conter a emoção.

Tivemos que acionar um psicólogo da Terra para nos orientar o que fazer.

Ela estava descontrolada. Chegou-se a cogitar deixar Won e levá-la para Marte. Porém Won era decisivo em caso de problemas nas barracas. Ele era o especialista pois grande parte da tecnologia no acampamento era de origem chinesa.

Quando Claire percebeu que poderia comprometer toda a missão ela conseguiu finalmente acalmar-se.

A despedida foi emocionante. Deixamos para trás as naves Marte 13 e Orion. Durante doze horas fizemos mais algumas órbitas em Marte para nos posicionarmos no lugar exato para a janela de entrada. As horas demoraram a passar enquanto permanecemos em nossos trajes espaciais mais protegidos sem deixar nossas poltronas.

Os americanos Jayson Palmer, John Albert e eu, Carl Schumann, a russa Anna Ivanova e o chinês Liwei Won estávamos a horas de pisarmos pela primeira vez em outro planeta.

Esta foi a preparação para aquele momento em que eu vivia. Minha memória trouxe tudo isso para minha mente.

SEGUNDA PARTE: CUMPRINDO A MISSÃO

20 O MOMENTO CHAVE

Figura 20: Representação artística da re-entrada da cápsula Apollo 7. (1968)
Crédito: Nasa/Johnson Space Center (JSC)

Imaginei que neste momento estaria emocionado. Porém o que eu sinto agora é completo pavor.

Vejo, lá fora, o Sol nascendo rápido na borda de Marte, iluminando a escuridão. Terminamos os últimos preparativos para o pouso. Nossa sonda está pronta.

Meus companheiros têm o olhar apreensivo e concentrado de quem entrará para história. Entraremos de qualquer maneira, mesmo que tudo dê errado e expludamos em alguns minutos.

A contagem regressiva está em menos vinte minutos. Em zero, John ativará o retrofoguete que nos tirará de órbita.

Nos separamos da nave principal há doze horas. Deixamos Claire lá, sozinha acompanhando nosso pouso.

Aqui minha posição é privilegiada. Agora sou apenas um passageiro responsável pelas fotos. Um fotógrafo de luxo. Aciono a câmera.

-Todos os sistemas checados... aguardando a janela de entrada. T menos 15 minutos.

Começo a suar frio. Estou realmente com medo.

Por que o medo? Evidente que estudei como foram os outros pousos em Marte. Desde as primeiras sondas Vikings enviadas para lá, o sucesso de pouso é preocupante. Pouco menos de cinquenta por cento dos pousos foram bem-sucedidos. A estatística está contra nós.

Eu não deveria ter pensado sobre aqueles pousos. Só me fez lembrar erros de conversão de polegadas em centímetros. Isso já derrubou uma nave Inglesa. Eu acho.

Sinto um leve tremor que indica a preparação do sistema de ignição. T menos 10 minutos.

Minhas mãos agarram-se ao assento. Meu coração dispara. Sinto a adrenalina percorrendo minhas veias.

O que estou fazendo aqui? - grito em meu cérebro.

Observo com atenção o comandante Palmer que continua fazendo leituras nas várias telas de computador a sua frente. Posso vê-lo de costas a pouca distância. Não vejo seu semblante, porém imagino. Um sorriso maroto no canto dos lábios. Tranquilidade.

-Vamos lá belezinha, falta pouco agora... Vai dar tudo certo pessoal, em 10 minutos estaremos no ninho da Phoenix. John faça tudo direito agora.

O capacete não me permite ver seus cabelos grisalhos. Mas seu tom de voz paternal é reconfortante. Sua confiança é total. Alguém chega a respirar aliviado. Um solavanco. Meus dedos se agarram ainda mais, chegam a doer.

-Fase final de preparação. Tudo certo. Houston, Phoenix, informando procedimento de pouso em quatro minutos.

Palmer diz isso sem esperar resposta. Afinal quando a mensagem chegar à Terra, já teremos pousado, ou então, morrido.

Anna olha rápido para trás e nossos olhos se cruzam. Ensaio um sorriso amarelo, mas ela se vira antes que possa ver. Pude ver um rosto duro, sério, preocupado.

John toma a palavra:

-Comandante, aguardando sua ordem.

O piloto Dr. John Albert acionará os motores e deixará o computador realizar sua tarefa. Gosto do seu jeito seco e sério. Tipo confiável eu diria.

Eu sempre imaginei que um piloto deveria realizar a atividade final de pouso. Como no projeto Apollo, onde Armstrong comandou a nave manualmente até o pouso na Lua. Aliás, quase abortaram a missão. O computador deixou a nave em uma região cheia de grandes pedras. E Armstrong teve que usar mais combustível que o planejado para chegar a um lugar seguro.

-Um minuto e contando. John, é com você agora. Todos preparados para fazer história?

-Palmer, para com esta coisa de "história"! Estamos aqui para fazer nosso trabalho. Quer botar mais pressão ainda?

-Não seja desmancha prazeres, John. Não é porque você vai ser o quarto homem a pisar em outro planeta... Quer dizer o terceiro homem, já que a Anna é uma mulher... -Palmer não podia deixar de fazer piada mesmo nestas horas. Eu chego a esboçar um sorriso.

John faz um sinal e todos silenciam. Um aperto de botão e um grande solavanco faz tudo começa a tremer.

-Motores ligados... começando a descida.

Os tremores aumentam e parece que tudo vai desmontar. Já faz meses que sentimos algo assim. Durante o contorno da Lua. Foi um susto e tanto aquilo. Todos devem estar acompanhando nosso pouso agora.

Imagens estão sendo transmitidas para a Terra, embora somente nossa amiga da nave Marte 13 possa acompanhar em tempo real.

Uma luz diferente começa a aparecer na janela. Luz de laranja para vermelho. O atrito da atmosfera começa a fazer efeito. Sinto um zunido no ouvido. Estamos descendo rápido, muito rápido.

Todas as luzes internas apagam-se. Assusto-me e quase deixo a câmera cair.

-Isso estava esperado? - digo agitado – não me recordo disso no treinamento. John?

-Dá um tempo Carl, eu apaguei para podermos ver melhor as luzes pela janela. Já fotografou?

-Estou fazendo conforme o protocolo. Não temos tantos cartões de memória assim.

-Devia tirar uma de sua cara agora... relaxa, até parece que não fizemos isso antes.

Um grande solavanco faz todos silenciarem novamente.

-Vocês fizeram. Quer dizer, vocês fizeram na Lua, o que é diferente. Lembre-se que eu não participei disso.

-Fica tranquilo, está tudo conforme o plano – John tenta me acalmar.

Tenho que continuar falando. Isso está aliviando minha tensão. Ainda bem que estou com estas luvas, afinal roer unhas seria constrangedor.

John Albert é um dos pilotos mais experientes da Nasa. Já realizou um pouso na Lua. Embora atualmente os computadores façam quase todo o trabalho, ele foi realmente decisivo naquela única vez, no pouso da Ares. O computador falhou na fase final e ele fez o pouso no manual.

O silêncio dura alguns minutos. Tenho que relaxar. Alguns minutos.

Vejo uma mudança na luz colorida que passa pela janela. Um tom rosa toma conta. Como uma luz de Sol cor-de-rosa. Estamos quase lá. Olho para o outro lado e vejo a superfície vermelha de Marte ocupando toda a janela.

-Aproximação final. Won, como estão os instrumentos?

-Tudo certo, Palmer.

Meu amigo Won. Será que está tão nervoso como eu? Pelo menos mais ocupado está. Engenheiro de instrumentos deve estar com mil medidas para verificar.

-John. Confirme posição.

-Estamos no ponto certo. O computador trabalhou direito. Sessenta quilômetros de altitude e descendo. Três minutos para o pouso. Coordenadas exatamente sobre a meta. Erro zero de acordo com a triangulação dos satélites.

-O rádio voltou. Marte 13, Phoenix falando. Pode me ouvir?

-Marte 13 responde, ouço alto e claro Won. Aqui é Claire. Estou rastreando a trajetória e vocês estão perfeitos.

-Claire, está quase na hora dos paraquedas. Você preparou a câmera para repetir a foto da primeira Phoenix?

-Acha que deixaria isso passar, Won? Além da câmera aqui na nave, temos ainda a Sonda Orbital. Mas eu preferia que a foto nos jornais fosse a minha. Pena que não vai ter como fazer a composição com aquela grande cratera da foto.

Antes que ela termine o paraquedas é aberto. Um novo e mais forte solavanco não deixa dúvidas. O motor já está desligado.

Anna vira-se novamente. Agora com o rosto mais leve. Os olhos brilhantes sob o vidro do capacete. Começa a esboçar um sorriso. Não diz nada, apenas me olha com firmeza e graça.

Falta tão pouco agora.

Lembro-me de toda a preparação que tivemos para chegar até ali. Delicio-me com cada detalhe do caminho, as vitórias e derrotas.

21 PISANDO EM MARTE

Figura 21: Pegada no solo lunar. (1969) Créditos: NASA Johnson Space Center Collection

Anna com seu olhar firme e seu sorriso me acalma. O para quedas faz seu trabalho. Sinto a nave reduzir a velocidade. Sinto meu peso aumentar na cadeira, uma sensação ao mesmo tempo estranha e familiar.

-John verifique a posição. -Palmer prossegue.

-Phoenix em rota direta para o ninho. - diz John confiante – Won, ignição dos retrofoguetes para fase final de pouso em um minuto. Sistemas prontos?

-Sistemas prontos. Espero que a vistoria que fizemos antes da descida tenha sido completa. -E Won faz uma oração em mandarim.

-Cinco segundos. Acionando a ignição. -John comanda a tarefa por seu terminal, e um zunido toma conta da nave. Meus ouvidos parecem que vão estourar – Três segundos, dois, zero.

A nave está tremendo de novo. Meu coração dispara. Estamos a alguns segundos de tocar a superfície. Eu aciono um câmara externa e posso ver as imagens de Marte: rochas, montanhas, vales, a poeira vermelha e o céu cor-de-rosa. Exatamente a visão que eu imaginava. John continua sua tarefa:

-Rota em zero. Estamos quase lá. Carl, aponte para quinze graus oeste. É lá que está o ninho da Phoenix. Eu aponto as câmeras para a direção indicada por John. E vejo um grande vale, e bem no centro uma pequena mancha negra me chama a atenção. Uso o zoom da câmera para tentar uma foto. E conforme vou aumentando.

-Estou vendo, Palmer. Lá está nosso destino. -Aciono um comando para que a imagem apareça no console central do painel de controle.

-Todos preparem-se, o tranco será forte. Lembrem-se do treinamento. Anna, está bem aí? Não te ouvi ainda nesta descida. -Palmer tenta manter todos atentos.

-Tudo certo, Palmer. Só estou um pouco assustada. Motores estão em verde. -Anna nem precisou alertar sobre a temperatura dos motores. A base aproxima-se bem rápido, em poucos segundos podemos ver detalhes das cabanas e a torre de comunicação. John está eufórico.

-Pouso em trinta segundos. Dez metros. Oito. Cinco metros.

Seguro firme no meu acento. Estou suando frio. Olho para os outros e todos estão com a face tensa. Não deveria pensar nisso, mas o pouso da Phoenix dois foi perfeito até este momento, e depois sumiu o sinal.

-Pouso em cinco segundos. Quatro.

Pela câmara externa vejo a poeira vermelha subindo.

-Três, dois. Contato.

Uma pancada forte, meu ossos doem. E um silêncio tomou conta. Os motores são desligados. A nave para de tremer. Minha respiração ainda está ofegante. Depois de alguns segundos olho para a câmera e a poeira começa a baixar. Vejo pelo meio da poeira uma antena parabólica. Não era exatamente a primeira imagem que esperava ver em Marte.

Nos olhamos e comemoramos. Salva de palmas. E Palmer retoma o protocolo.

-Houston, Ninho da Phoenix. Pouso realizado com sucesso. Estamos em Marte. O homem chegou a Marte!

-Phoenix, Marte 13. Aqui é Claire, recebi a sua mensagem para Houston. Meus parabéns. Estou acionando os diagnósticos para determinar as condições da nave.

-Claire, Phoenix não, querida. Aqui agora é o Ninho da Phoenix. Vou dar uma folga de uma hora para o pessoal se recuperar e esticar as pernas. Depois vamos começar as atividades por aqui. Temos muito que fazer para deixar nossa casa em ordem.

Eu solto o cinto de segurança, e fico de pé. Uma dor estranha nas pernas. Lembrei-me agora que não sentia o peso de meu corpo a vários meses. Perco o equilíbrio e caio sentado, sinto tudo girando ao meu redor.

As imagens ficam embaçadas e estão escurecendo...

...

Abro os olhos e vejo o rosto de Anna. Acho que desmaiei.

-Você está bem? Está sentindo alguma coisa? -Sua voz é preocupada, ela segura minha mão.

-Acho que apaguei. Estou bem agora. -Tento sentar mas a cabeça ainda gira um pouco. Volto a deitar.

-Espere um pouco, sua pressão caiu e deve estar com problemas no labirinto. Não saia daí. -Anna me empurra de volta a maca.

-Achei que isso pudesse acontecer. -Palmer toma conta da situação.

-Por isso quis a pausa. Seguindo os médicos em Terra, você estará bem em uma hora. Voltar a acostumar com a gravidade, mesmo a pequena gravidade de Marte, vai ser pior para você do que para nós. Pelo menos seu organismo poderá voltar a produzir glóbulos vermelhos.

-Esperamos que sim, porque se os glóbulos vermelhos não voltarem sua saúde vai deteriorar. -Won não mede as palavras.

-Anna, fique aqui com Carl e me mantenha informado sobre qualquer variação nas condições dele. Os outros vamos arrumar a casa para o grande passo que iremos dar fora da nave.

-Não vão estragar a festa por minha causa. -Resmungo cabisbaixo.

-Quanto tempo fiquei apagado?

-Alguns segundos. -Anna olha-me com os olhos doces. Como seus olhos me fazem esquecer onde estamos? -Tente descansar. Vou tentar adiar a festa por meia hora. Assim você poderá participar.

-Eu agradeço meu amor. -E fecho meus olhos e tento relaxar.

Quando volto a abrir os olhos Anna continua lá com seu olhar reconfortante. No painel atrás dela vejo que dormi por uma hora. Sinto minha cabeça muito melhor. Porém parece que estou de ressaca. Não estou enjoado, mas uma dor está me incomodando.

-Olá. Estou melhor agora, Anna. Como estão os preparativos para a festa?

-John não está conseguindo controlar as câmeras. Acho que vão precisar de você. -Anna tem este senso de humor que eu adoro. -Sua pressão está perfeita agora, os batimentos cardíacos. Tente se levantar.

Apoio-me na parede e me coloco de pé. Sinto o sangue correndo nas veias. Uma pequena tontura vem e vai embora. Sinto-me seguro agora.

-Estou bem, querida. Pronto para minhas tarefas.

-Estou preocupada com você, meu amor. Vai estar bem mesmo? -Anna segura minha mão.

-Estou melhor, querida. Vamos trabalhar agora. Prometo que se piorar eu sossego.

Levantamos e vamos ver o que os outros estão fazendo. Palmer está com o traje espacial. Pronto para dar o primeiro passo em outro planeta.

Os outros o abraçam. Ele está agitado e sorridente.

-Estou pronto para comandar as câmeras Comandante Palmer. -Digo com entusiasmo. -Houston já autorizou?

-Assim que se fala, garoto. Acione as câmeras. Qual a câmera tem alcance para a escada de descida?

-Câmera três. -Respondo rápido. -Só que é preciso girar cento e oitenta graus. Ela está fixa apontando para o outro lado.

John, com um olhar desapontado passa os controles para mim.

Destravo a câmera e giro o terminal. Fixo a imagem com um zoom suficiente para pegar toda a escada. Um novo comando e a imagem aparece no console principal.

-Vou colocar a câmera dois para fotografar a primeira pegada. -Eu mudo o controle para câmera dois e a coloco na posição exata onde Palmer irá pisar.

Abro um compartimento no painel lateral e retiro uma pequena caixa.

Aperto um botão e a tampa de proteção deixa a pequena lente exposta. Eu a encaixo ao lado da viseira do capacete de Palmer. Aciono novamente meu terminal e uma imagem de mim mesmo aparece na tela. Aponto para Anna, e Palmer olha para ela. A imagem muda para aqueles olhos lindos.

-Esta câmera vai gerar sua visão do momento. Só quero acionar mais uma. -Eu gostaria de registrar seu rosto no momento que pisar em Marte.

-Ótimo. Como vai fazer isso? -Palmer pergunta.

-A câmera do braço mecânico. Won, acione o braço e coloque a ponta atrás da escada. -Minha mente está agitada e lúcida.

Won aciona o braço mecânico. Ativo a câmera. Vejo a nave agora, a superfície de Marte, com algumas rochas, a nave novamente, a escada, a nave.

Giro a câmera até obter a base da escada. Giro devagar e conto quantos degraus até a altura dos olhos de Palmer. Acho que seis degraus.

-Seis degraus, Carl. Eu medi na maquete em Terra. -Palmer, percebe o que estou fazendo. -Está tudo pronto então. Vamos todos para a central de controle. Deixe a câmera interna ajustada. Vamos enviar as imagens das quatro câmeras para Terra. Isso vai ocupar todo o canal de dados. John é o comandante até eu voltar lá de fora. Com os canais de dados para Terra sobrecarregados, teremos que nos ocupar com a telemetria daqui mesmo. Cada um tem suas atribuições. Seus terminais estão programados para este momento.

-O treinamento foi duro conosco, Palmer. Estamos prontos. Boa sorte, amigo. -John tenta acalmá-lo.

Palmer entra na câmara isolada e fecha a escotilha atrás de si. Nossos olhos estão vidrados nas quatro telas do console onde poderemos ver aquele momento mágico.

-Ninho da Phoenix, Marte 13. John, Palmer já está no isolamento?

-Sim Claire. Está lá. Acompanhe pelas câmeras. Carl?

-Estão em seu console. -Aciono novamente meu terminal.

-Perfeito. As imagens vão ficar ótimas. Obrigado, Carl.

Pela câmera três vejo um pequeno movimento na sombra. A escotilha de saída move-se levemente para frente. Em um novo movimento a escotilha move-se para baixo deixando uma abertura escura.

A luva de Palmer aparece pela escuridão da abertura. Ele segura-se pela escada. A outra mão segue a primeira. Seguido pelas botas. E ele todo está descendo devagar. Um passo de cada vez ele vai descendo pela escada.

Pela câmera do capacete, vejo a escada e suas mãos segurando firmes, e ao fundo as montanhas distantes e o céu cor-de-rosa. Poucas nuvens brancas dispersas no céu.

Ele para no último degrau. Seu olhar é sério. Ele dá um leve sorriso. Com um ar determinado. Vitorioso. Ele aciona o rádio:

-Não tenho a mesma eloquência de Neil Armstrong. O que posso dizer agora? Este é um novo passo para a humanidade. Um novo passo para nossa futura morada. Um grande passo para um homem. E um passo decisivo para a humanidade.

E em um salto ele pisa pela primeira vez na superfície de Marte.

Podemos ver a pegada com detalhes. Aquela imagem chegará a Terra em alguns minutos. E entrará a história da humanidade.

22 OS PÉS EM MARTE E O CORAÇÃO DISTANTE

Figura 22: Close do cosmonauta Pavel V. Vinogradov. (2003) Créditos: NASA Human Spaceflight Collection

No instante que pisa no chão de Marte, Palmer chora. As lágrimas rolam pelo seu rosto. Perfeita minha ideia da câmera em seu rosto. Ou esta imagem nunca seria captada.

Ele dá alguns passos soltando a escada. Vou corrigindo a câmera três para segui-lo. Olho ao lado e vejo que Anna também está chorando. Até John não segura a emoção.

Mas meu coração ainda não sente a vitória da missão. Minha missão ainda será realizada. Estou ansioso para colher as amostras e analisá-las.

Em algumas horas ou dias saberemos se a vida existe mesmo em outro planeta além do nosso.

Palmer aciona o rádio mais uma vez e manda o protocolo para o espaço:

-Eu quero aproveitar que estão todos me ouvindo neste instante, para deixar uma mensagem especial para minha família. - Ele continua chorando, e as palavras saem um pouco embargadas. Vejo que Won também começa a chorar.

-Amanda, minha amada, eu sei que está sendo difícil para você. Ainda temos meses pela frente, e você está aí sozinha cuidando de tudo. Cuidando de nossos filhos. Meus filhos, que saudade. -Ele para tentando segurar a emoção. Engole e continua:

-Minha filha, cuide de sua mãe até eu estar de volta. E cuide do pequeno Júnior. Eu os amo. Demais. Logo estarei com vocês.

E desliga o rádio.

Continua suas tarefas programadas para a primeira saída. Garantir as amostras de solo é a número um. Afinal, caso alguns problemas nos obrigue a sair dali imediatamente, pelo menos teremos as amostras.

Ele abaixa e pega um bom bocado daquela poeira vermelha e enfia em um dos bolsos de seu traje. Depois ele espalha uma camada superficial de um líquido preparado para a situação. Agora agacha de novo e aciona uma lâmpada de luz ultravioleta. Ela pode mostrar evidências de vida no solo.

A luz ilumina o chão próximo a sua bota, e mostra o que já esperávamos, um solo morto, sem nenhum sinal de vida. Ele estende a mão e afasta a camada superficial do solo. Retira uns dois centímetros. Cristais de gelo ficam visíveis:

-Gelo, tem gelo aqui. Vejam. -Ele aponta a câmera do capacete para o chão e vejo uma pequena pedrinha de gelo derretendo. Ela não está escorrendo em água líquida, mas sim evaporando. Devido a pequena pressão atmosférica de Marte o gelo em contato com a atmosfera passa diretamente do estado sólido para gasoso.

Ele espalha uma nova camada do líquido preparando o terreno para a luz. Ele aponta novamente a luz para a superfície escavada. E em quase toda a superfície escavada a luz reflete em uma tonalidade diferente. Anna não se contem.

-Estão lá. Lá estão nossos esporos! Acharemos vida em Marte! Eu tenho certeza.

Ela me abraça e comemoramos juntos. Os outros batem palmas.

Palmer nos lembra do protocolo:

-Estas não são para vocês. Não comemorem ainda.

Ele usa uma pequena pá para recolher uma grande quantidade de solo daquele local e coloca em uma sacola. Ele lacra a sacola. E com dificuldade movimenta-se até a nave.

-Abra o primeiro compartimento de amostras. -Diz pelo rádio.

Won aciona seu terminal e abre uma caixa na lateral da Phoenix. Palmer coloca a sacola e empurra a caixa que se fecha. A segunda amostra de emergência foi recolhida. Ele então dá uma olhada em volta de si como que tentando confirmar onde está. Olha para o chão observando o local onde colheu a amostra, vira-se e segue para a escada. Em poucos segundos ele some novamente na escuridão da abertura. Atrás de si a escotilha retorna a seu lugar.

As horas seguintes Palmer passa isolado na câmara de descompressão.

Isso é necessário para executar um meticuloso procedimento de desinfecção. A saleta possui duas áreas isoladas. Antes de retirar o traje espacial, ele realiza uma sequência de limpeza completa na primeira área.

Começa com jatos de ar, escovas, aspiradores. A temperatura da câmara é aumentada e diminuída drasticamente. E uma substância gelatinosa é borrifada por toda a superfície do traje. Uma segunda substância é usada para enxaguar. Novo jato de ar e ele vai para a segunda saleta.

Na segunda saleta ele senta-se e começa a retirar o traje. Começa com as botas. Seu olhar sério e concentrado demonstra que sua atividade não tem nada de simples. Retirar cada peça do traje sem tocar a superfície externa e colocar, uma a uma, em um compartimento da câmara. Won entra na câmara com uma capa plástica isolante e o ajuda.

Os dois ficarão isolados na câmara por quarenta e oito horas. Uma pequena quarentena para evitar qualquer problema.

Mesmo do isolamento Palmer comanda as atividades:

-Anna iniciar a montagem das barracas. John verificar o túnel sul e Carl o túnel norte. Quero dormir em nossos novos dormitórios assim que eu sair daqui.

Anna aciona por seu terminal a rotina para inflar as barracas. Nossa moradia em Marte são três barracas infláveis com seis metros de diâmetro cada. Estas barracas foram enviadas a Marte antes de nós com a torre de comunicação. Estavam esperando nosso comando para inflarem.

Eu vou até o canto esquerdo da nave e começo a verificar a escotilha onde está fixado o túnel norte. John faz o mesmo à direita. Eu aciono uma câmara do lado externo e vejo que as barracas estão começando a encher.

Viro a câmara e o lado externo da escotilha está desbloqueada. No chão entre a escotilha e a barraca nenhuma grande rocha atrapalha o caminho.

-Vou acionar o túnel norte. O caminho está livre até a barraca um.

-Perfeito, Carl. Pelo menos onde dormir nós teremos. -Palmer responde.

Ouço um ruído de motor elétrico assim que respondo sim ao programa no terminal. O túnel sanfonado começa a se estender em direção a barraca.

Na barraca uma escotilha idêntica aquela ao meu lado está alinhada com o túnel. Por alguns segundos eu penso na precisão do pouso para que tudo ficasse não só na distância exata, mas também no ângulo correto para que os túneis se encaixassem. Em um baque o túnel encaixa-se na barraca.

Informo aos outros:

-Encaixe perfeito. Túnel Norte montado. Agora é só aguardar a barraca estar inflada. Como está indo aí John?

-Túnel Sul quase pronto. -Um novo baque é ouvido. - Túnel Sul completo também. Seu laboratório estará disponível em algumas horas.

Anna sorri para mim e completa o relatório:

-Barracas infladas em cinquenta por cento. Todos as bombas em perfeito funcionamento. Mais alguns minutos e estará pronto.

-Muito bem. -Palmer continua. -John acione o túnel leste. A terceira barraca está com os suprimentos. Depois teremos que rearranjar os mantimentos. Não temos a vantagem da falta de gravidade para carregar tudo por aí. Carl, registre as atividades. Imagens para enviarmos a Terra.

Acho que teremos notícias da repercussão de meus passos em Marte a qualquer momento.

E o rádio é ligado quase simultaneamente com Palmer:

-Ninho da Phoenix, Houston. Meus parabéns! Vocês conseguiram.

Temos algumas pessoas aqui que gostariam de deixar uma mensagem para vocês.

Eu identifico a voz de Gavin que ficou com a tarefa de enviar a primeira mensagem. A seguir o Presidente com sua voz de locutor:

-Congratulações. Este foi um momento único para a humanidade e em especial para América e para as nações amigas que participaram desta aventura. Aguardamos ansiosos pelos resultados das amostras do solo marciano. E após completarem suas atividades aguardamos com entusiasmo o retorno de todos são e salvos. Agradeço a coragem e desprendimento em realizar esta tarefa especial. Meus parabéns pelo sucesso.

-Temos algo mais para Palmer. -Gavin retoma a palavra e logo uma voz diferente é ouvida: -Papai? Você está aí? Aqui é a Clarinha! -Uma doce voz de uma garotinha enche meu coração de nostalgia. -Também te amamos papai, e pode deixar que eu olho por mamãe e pelo Júnior. Mamãe também quer falar com você.

Eu hesito por algum tempo, mas lembro que estou registrando tudo.

Ligo a filmadora da câmera de descompressão e dá tempo de ver Won e Palmer abraçados, com o segundo chorando copiosamente.

-Meu querido! Meus parabéns! Eu o amo, querido. Assim que puder volte para nós. Estamos com saudades. Seu rosto chorão será estampado nos jornais do mundo todo. Estamos orgulhosos.

Um pequeno silêncio se faz.

-Ninho da Phoenix, Houston. Encerrando a comunicação. Estamos acompanhando a telemetria da nave, tudo parece em perfeito funcionamento e de acordo com planejado. Entraremos em contato a qualquer momento e nas reuniões programadas. Câmbio e desligo.

Ainda nos recuperávamos quando Anna interrompe o momento mágico:

-Barracas em noventa e nove por cento. Regulagem de pressão ativada. -Faz uma pequena pausa. -Pressão perfeita. Barracas prontas. Já podemos pressurizar os túneis.

-Deixa o Palmer respirar, mulher. -Eu digo brincando e com um sorriso.

-Túnel Leste completado. -John também informa sua posição. Palmer continua comandando, ainda enxugando as lágrimas:

-Pressurizar os túneis. Um de cada vez. Anna, primeiro o túnel leste desta vez. Assim vocês podem começar a carregar os suprimentos enquanto os outros túneis são pressurizados.

-Está certo, Palmer. -Anna responde. -Já entendi, você não quer deixar a gente relaxar enquanto está aí sentado.

Sinto o sarcasmo em sua voz. Ela aciona um comando no terminal e ouço um barulho de jato de gás soprando. Alguns minutos depois estamos abrindo a escotilha voltada para o túnel Leste. Automaticamente a escotilha da barraca também é aberta.

-Palmer, tudo indo muito bem até agora. Vamos entrar no compartimento de carga. - Ela abaixa-se e começa a gatinhar pelo túnel.

Em alguns passos ela está do outro lado. Vou atrás dela e dentro da barraca de suprimentos uma porção de pequenas sacolas brancas estão abarrotando todo o lugar. Quase não tem espaço livre para eu e Anna.

-Temos uma porção de trabalho por aqui, não é mesmo camarada?

-Anna diz com um sorriso. Porém mais séria ela pergunta: -Você está se sentindo bem Carl? Vai conseguir nos ajudar nisso?

-Estou bem, querida. Não se preocupe, um pouco de exercício vai me fazer bem.

As horas seguintes e o dia inteiro depois disso organizamos os pacotes entre as três barracas e a nave Phoenix no centro do acampamento.

John terminou as conexões com a torre de comunicação e fez todos os testes. No fim do dia exaustos pudemos dormir com nossa nova casa montada e pronta para funcionar.

Palmer e Won deixou o isolamento no fim do dia diretamente para os dormitórios.

Deitado em minha nova cama, não consigo dormir, apesar do cansaço.

Nos próximos dois dias realizarei as primeiras análises das amostras colhidas. Pode ser o momento mais importante da missão. O mais importante de minha vida.

23 VITÓRIA OU DERROTA

Figura 23: Astronauta espanhol Pedro Duque utilizando o Microgravity Science Glovebox. (2003). Crédito: NASA Marshal Space Flight Center Collection

-Acorde Carl. Está na hora. Vamos fazer história, camarada.

Seus cabelos tocam meu rosto, e um arrepio percorre meu corpo.

-Bom dia, meu amor. -Agarro seu pescoço e com um pequeno esforço ela cai deitada sobre mim. Eu a rolo para meu lado e tento lhe dar um beijo. Sua mão afasta meu rosto em meio a uma risada.

-Deixa de ser bobo, amor. Vai lavar seu rosto e dar um jeito neste mau hálito. Depois te encho de beijos. Agora vai se arrumar, estamos atrasados.

Ela sai quase correndo. Eu me levanto rápido e sinto uma pequena vertigem. A recuperação para a gravidade, mesmo a pequena gravidade de Marte, está sendo mais complicada para mim. Respiro fundo e sinto as energias se recobrando.

Depois de fazer minha higiene, me arrasto até a nave Phoenix onde funciona a cozinha.

-O que temos hoje, amigos? -Pergunto sem entusiasmo.

-Hoje teremos, para variar, aquela gosma marrom que chamam de Strogonoff. É o seu prato preferido, não é Carl? -pergunta Palmer, cínico.

-Não esta coisa sem graça. Na Terra eu mesmo tive que aprender a fazer. E o meu fica delicioso. Depois de experimentar em vários restaurantes e nenhum conseguir fazer direito, desisti. Se quer algo bem feito, faça você mesmo.

-Então você cozinha também? -Exclamou Anna. -O pacote está saindo completo! Que sorte a minha!

-Não conte com isso. Esta é a única coisa que sei fazer na cozinha. Talvez arroz, café, e um chá. Fritar um ovo não consigo, sem fazer uma bagunça.

Nós rimos muito.

Adoro o sorriso dela. Por instantes esqueço que posso estar condenado aqui neste planeta vermelho.

Palmer interrompe as ideias:

-Vão trabalhar vocês dois, estamos ansiosos pelos primeiros resultados. O laboratório está pronto e as amostras que estavam no bolso de meu traje estão separados. Boa sorte.

-Esta primeira amostra é somente superficial. -diz Anna não esperando grandes resultados. -Eu estou mais confiante com as camadas inferiores. Aquela luz indicou que temos alguma coisa lá.

-Fique tranquila, Dr. Ivanova. Iremos recolher amostras mais profundas nos próximos dias. Agora eu, John e Won faremos uma vistoria completa nos equipamentos. Além disso, antes de podermos sair novamente temos que garantir que a sala de descompressão não foi contaminada.

Palmer diz isso enquanto John e Won fazem uma cara de quem achava que teria folga. Os dois saem resignados.

Depois de alguns minutos eu e Anna estamos no laboratório revisando os protocolos para manipulação da amostra.

-Está segura que não estamos esquecendo nada? -Digo preocupado.

-Completamente segura. Vamos preparar uns tubos de ensaio para enriquecer as amostras. Você quer as honras?

Faço sinal com a cabeça e ela liga a câmera, eu começo com o roteiro planejado:

-Meu nome é Carl Schumann, e a doutora aqui do lado é Anna Ivanova. Estamos aqui para preparar as primeiras amostras de possíveis bactérias marcianas. Vou usar este equipamento para garantir meu isolamento.

Eu coloco minhas mãos nas luvas de borracha. Elas estão presas na caixa de vidro. Este equipamento mantém a amostra isolada e permite nossa manipulação. Parece uma encubadora de recém-nascidos. Demos o nome de encubadora, pois não encontramos um outro mais adequado.

-Chamamos de encubadora. Aqui está a amostra.

Em um canto da caixa de vidro uma pequena sacola branca está lacrada.

Abro com cuidado o lacre. Com um instrumento adequado eu recolho uma pequena porção de poeira.

Uso um conta gota para diluir a poeira em uma gota de solução. Ainda na ponta da ferramenta observo com atenção a pequena gota lamacenta.

Com movimentos lentos e cuidadosos deposito a gota em uma solução num tubo de ensaio.

-Nestes tubos de ensaio iremos manter as amostras em substâncias nutritivas. Em caso das amostras apresentarem algumas bactérias, elas serão estimuladas a se reproduzir. Se der certo o conteúdo do tubo tornar-se-á turvo. Teremos que aguardar vinte e quatro horas com os tubos em uma estufa.

Recolho mais amostras para quatro tubos de ensaio com soluções diferentes. Cada um dos meus movimentos são registrados por duas câmeras. Anna anota tudo em seu terminal, enquanto comanda as câmeras para registrar o momento. Acomodo os tubos de ensaio em uma estante e coloco tudo dentro da estufa estrategicamente escondida sob uma tampa da encubadora. Anna desliga a câmera.

Nos olhamos com um olhar de dever cumprido.

-Será que John já recolheu as amostras da sala de descontaminação? - pergunto.

Anna aciona o seu terminal e vê que as amostras já estão disponíveis.

-Vou preparar as amostras para garantir a descontaminação da sala de descompressão e esterilização. Vou usar a segunda encubadora para estas análises.

Ao lado da encubadora em que eu trabalhava, uma segunda, idêntica estava pronta para que Anna pudesse trabalhar ao mesmo tempo que eu. Nestas primeiras análises, ela trabalharia para verificar se ocorrera alguma contaminação de possíveis bactérias exteriores. Ela montou um jogo de tubos de ensaio como o meu, porém com amostras colhidas dentro da sala de desinfecção. E colocou na estufa de sua encubadora.

Demoramos algumas horas para terminar nosso trabalho. Os outros também tiveram muito trabalho. Vistoriaram todos os equipamentos, com dupla checagem. Felizmente estava tudo em ordem.

No dia seguinte voltamos às encubadoras e continuamos exatamente de onde paramos.

Eu abro a estufa e retiro o primeiro tubo de ensaio. Vejo que a solução não está embaçada como deveria. Os outros tubos estão igualmente sem sinais.

-Não tem nada aqui, Anna. -Digo desanimado.

Ela faz o mesmo em sua encubadora e tem o mesmo resultado. Ela diz aliviada:

-Felizmente aqui também parece limpo.

-Que tal deixar por mais um dia? -pergunto.

-Não adianta. Já era para ter algum sinal. Vamos seguir o protocolo, Carl.

-Ao menos vamos colocar isso nas placas. Para ver se assim aparece algo.

Mesmo com os tubos indicando não haver nada nestas amostras, eu continuo. Umedeço a ponta de uma espátula na solução do primeiro tubo de ensaio. Coloco algumas gotas da amostra em uma placa de petri. Explico para a câmera da Anna que está registrando o momento:

-Este recipiente acrílico parecido com uma moeda de quatro centímetros de diâmetro é chamado de placa de petri.

Abro a tampa da placa e mostro o interior:

-Aqui dentro tem uma espécie de gelatina, o ágar. Colocamos a amostra neste líquido para que os micro-organismos reproduzam-se a ponto dos grupos de bactérias tornarem-se visíveis. Se as amostras não possuírem bactérias, o ágar permanecerá com a mesma aparência atual.

Monto uma porção de placas usando amostras dos vários tubos de ensaio e vou colocando de volta à estufa.

-Vamos montar uma lâmina e ver como estas amostras se mostram ao microscópio.

Usando a amostra de um dos tubos eu monto uma lâmina. Coloco uma gota da amostra em uma lâmina e cubro com a lamínula. Coloco a lâmina no microscópio no canto esquerdo da encubadora. Ligo o microscópio, que faz pequenos movimentos automáticos e acende uma luz em sua base. As oculares do microscópio ficam disponíveis fora do isolamento.

Nos olhamos por alguns segundos. A expectativa daquele momento cresce. Meu coração bate forte. Sem dizer uma palavra aproximo meus olhos nas oculares. Um brilho forte ofusca minha visão. Quase instantaneamente minha íris retrai e meus olhos podem receber as imagens.

Por segundos fico confuso sobre o que vejo. Mas não tanto tempo.

-Ligue a câmera do microscópio. -Digo.

Won aciona um controle no seu terminal e a imagem que se formou em minha retina aparece na tela do seu terminal. Anna dá a sentença:

-Não tem nada! Mas nós dois sabíamos que não tinha nada diretamente na superfície. Veja alguns cristais e rocha comum.

A imagem era muito clara. Rochas de vários tipos e cristais. Nenhum sinal de bactérias ou esporos.

-Vamos continuar tentando. Embora eu não acredite que este saquinho tenha nada de especial. -Eu disse desanimado.

Montamos dezenas de lâminas. Tentamos alguns contrastes, mas nenhum sinal de vida. Nem mesmo esporos.

Fizemos ainda uma análise em um espectroscópio. Alguns elementos químicos esperados foram encontrados. Muito parecido com as amostras que a primeira Phoenix analisou em dois mil e oito.

Horas de trabalho inútil. Anna cansada deixou-me só no laboratório.

Ainda trabalhei por horas até que alguém notou a minha insistência.

-Carl, já passou de seu horário. Vai continuar até quando aí procurando pelo em ovo? -Palmer não diz meias palavras.

-Estou tentando esta outra lâmina, ela apresentou cor um pouco diferente. -Tento ganhar algum tempo.

-Você tem que fazer seus exames, Carl. Já faz mais de uma semana que não examina seu sangue. E como faz três dias que está aqui na gravidade, estou animado com a possibilidade de melhoras.

-Não se anime muito. Ainda tenho aqueles sintomas. Diminuiu, mas estou ainda tendo vertigens e fraquezas.

-E falta de ar?

-Não. Falta de ar não tenho tido não. Isso nunca aconteceu. Mas isso só aparece quando a coisa está realmente grave.

-Eu sei, Carl. E é bom sinal que não esteja sentindo isso. Anna já se recolheu. Está exausta. Vá fazer o exame e recolha-se também.

Coloquei a lâmina em um dos compartimentos dentro da encubadora.

Ela foi projetada de acordo com minhas orientações. Do tamanho de uma escrivaninha pequena, parecia muito com minha mesa de trabalhado em meu laboratório na Califórnia. Será que um dia ainda visitaria meu laboratório novamente? Provavelmente não.

Sigo até meu dormitório e pego em uma caixa sobre a cabeceira um pequeno dispositivo já familiar. Uma pequena agulha e uma picada é suficiente para recolher uma amostra de meu sangue.

É estranho como naquela pequena gota de sangue milhares de células são a prova que a vida está correndo em minhas veias. Cada um dos tripulantes da nave são a prova que a vida existe realmente.

Ao mesmo tempo estamos ali a milhares de quilômetros de casa. E aquele planeta inteiro, pode não ter nenhuma, nenhuma célula viva. A não ser as nossas. As nossas células e os parasitas que trouxemos junto dentro dessas barracas.

Me sinto só.

Um pequeno apito indica que o teste terminou. Ele me acorda de meu devaneio. Abro o terminal e para minha surpresa um sinal verde aparece.

Em segundos Palmer entra comemorando:

-Seu exame Carl. Seu organismo está reagindo. Os glóbulos vermelhos estão sendo produzidos. Você já está no nível normal!

Não consigo reagir. Minutos atrás eu estava condenado, e agora, uma esperança surgia.

-Nível de glóbulos vermelhos ainda não está normal não, Palmer. Mas o nível de produção está. Se continuar assim haverá esperança para mim.

-Temos que avisar os outros. -Diz Palmer.

-Não, Palmer. Não quero falsas esperanças. Eu mesmo direi que estou bem. Assim que os resultados se repetirem nas próximas semanas. Não quero ninguém comemorando antes do tempo.

-Você é quem sabe Carl. Você é quem sabe.

Palmer retorna a Phoenix para seu turno. E eu fico só com meus pensamentos.

Este dia começou com uma derrota incompleta e terminou com uma vitória incompleta.

24 A VERDADE SEMPRE PREVALECE

Figura 24: Geiseres de Encélado. (2005) Crédito: Cassini Imaging Team, SSI , JPL, ESA, NASA

O pior dia possível para obtermos aqueles resultados fracassados.

Assim penso após este café da manhã desanimador.

Palmer começou o dia seguinte nos reunindo e contando as novidades.

-O Presidente fez uma coletiva de imprensa e divulgou as "novas" análises das fotos de Encélado. Ele abriu o jogo sobre os resultados da Agência Europeia.

-O novo presidente da ESA estava pessoalmente e divulgou os inquéritos internos sobre a fraude. Informou que vários diretores, inclusive o antigo presidente da agência foram afastados.

-A repercussão só não foi pior porque há semanas dois repórteres faziam uma série de reportagens com suas investigações sobre o caso. A opinião pública já esperava uma posição oficial.

-Como isso vai influenciar em nosso trabalho, Palmer? -perguntou Anna.

-Eles não tem o que fazer. Não podem nos chamar de volta antes do alinhamento da Terra com Marte. Quase todo o custo da viagem já foi desembolsado. Mesmo que realizem cortes no programa, seria desastroso se não nos resgatarem com vida por falta de verbas. Nada muda no cronograma do projeto.

-E quanto as experiências científicas? -pergunto eu.

-Nada muda. Embora a repercussão das primeiras amostras de ontem tenha sido desastrosa. Precisamos nos apressar para obter alguma amostra positiva.

-E se não encontrarmos nada? -Pergunto desanimado.

-Vamos encontrar. Vamos. . -Palmer fala com enfase, mas é interrompido por Anna:

-Não tenha tanta certeza Palmer. As primeiras amostras deveria apresentar ao menos alguns vestígios. Não tenho tanta esperança. Para mim esta viagem está a cada dia mais próxima de um desastre.

Ela olha-me nos olhos e baixa a cabeça. Está realmente desanimada.

Palmer bate na mesa e levanta-se em um impulso:

-Parem com isso. Estamos aqui com a missão mais importante que já foi atribuída para uma equipe de pessoas valorosas. Estamos próximos de uma descoberta fantástica. Não quero desânimo agora. Levantemos, vamos à luta.

Uma força e calor invade meu coração. Sinto uma garra dentro de mim que me faz dizer quase sem pensar:

-Nossos sacrifícios não serão em vão. Vamos fazer o que for preciso. Vamos achar estas bactérias. Nem que seja a última coisa que eu faça.

Anna olha-me aterrorizada. Leva as mãos ao rosto e sai para os dormitórios. Os outros me olham sem conseguir controlar o pesar. Apenas Palmer olha-me com repreensão:

-Deixe de falar bobagens, Carl. Vá atrás dela. Tente corrigir a besteira que fez.

Eu saio de lá e encontro Anna chorando muito. Aproximo-me abraçando-a. Ela chora em meus ombros.

-Não quero lhe perder, meu amor. Não consigo parar de pensar em uma maneira de lhe ajudar.

Sinto um grande aperto por não ter lhe contado minha pequena melhora do outro dia.

-Desculpe-me Anna. Eu deveria ter lhe falado sobre meu último exame. Não deveria tê-la deixado no escuro.

-O que aconteceu? Você está pior? -Ela diz aflita.

-Não, querida. Estou melhor. Os glóbulos vermelhos voltaram a ser produzidos. Neste ritmo eu estarei melhor em algumas semanas.

-Oh, meu amor.

Nos beijamos e abraçamos apaixonados. E por alguns instantes esquecemos completamente onde estamos. Beijos e abraços apertados e nos entorpecemos pela paixão. Por um segundo eu penso na melhor maneira de nos livrarmos das nossas roupas. Quanto nos damos conta, paramos e olhos nos olhos sorrimos. Ela diz:

-Precisamos nos controlar, meu amor. Esta gravidade aqui de Marte por pouco nos faz esquecer onde estamos.

-Eu sei. Eu sei. -digo um pouco constrangido.

-Você não deve me esconder nada, Carl. Promete que não deixa de contar qualquer mudança nos seus exames. Por favor?

Não gostaria de prometer isso a ela. Os exames podem piorar de uma hora para outra, e ela não tem lidado bem com isso. Mas não posso mais mentir.

-Está bem. Não vou lhe esconder nada. Prometo que vou lhe chamar quando fizer os próximos exames. Assim saberemos juntos como estou.

-Então estamos combinados.

Ela aproxima-se e me dá outro beijo.

-Eu te amo, Carl.

Sinto uma alegria imensa e retribuo:

-Também te amo, minha camarada!

No meio de um abraço, ela dá um pulo e lembra-se que não temos tempo a perder:

-Eu tive uma ideia. Vamos voltar para a Phoenix. Está na hora de virarmos o jogo.

Voltamos à ponte de controle. Won se surpreende com a felicidade de Anna, que chega interrompendo Palmer.

-Tive uma ideia. Vamos conseguir as melhores amostras já.

Won faz um sorriso maroto e adianta-se.

-Imagino que sua ideia é usar o braço mecânico para escavar e levar uma amostra diretamente até o compartimento de recolhimento de amostras.

O olhar surpreso agora é de Anna. Foi como se Won lesse a mente dela. Won continua:

-Veja, já consegui movê-lo até o local da escavação que Palmer fez no outro dia.

-Teremos uma amostra hoje ainda? -Eu pergunto.

-Vejo que não fui a única pessoa pensando por aqui. -Anna ainda sorrindo.

Palmer retoma o controle:

-Tudo bem. Vamos nos dividir aqui para adiantar o trabalho. Won está controlando o braço robótico e colocará a amostra no compartimento.

John, terá sua folga nos próximos dois dias. Aproveite, você tem trabalhado demais. Anna e Carl, quero vocês no laboratório. Vão ver como estão as placas de petri com as amostras de ontem. E preparem o terreno para receber as novas amostras. Eu vou tirar um cochilo, meu plantão desta noite me deixou cansado. Qualquer nova notícia, podem me acordar.

Voltamos ao laboratório animados. Enquanto víamos pelas câmeras Won com o braço mecânico, analisamos as placas de petri. Como esperado, confirmamos que nenhuma amostra do dia anterior apresentava bactérias.

Não desanimamos.

Em alguns minutos as novas amostras estavam dentro do compartimento. Anna acionou o sistema automático pelo seu terminal e transportou a poeira até a incubadora.

Uma hora após a grande ideia de Anna e de Won, uma amostra estava lá em minhas mãos.

Repeti o procedimento montando mais uma estante de tubos de ensaio.

O ideal era esperar o enriquecimento das amostras com 24 horas na estufa. Porém com a pressa de obter algum indício, monto uma lâmina.

-Isso não vai funcionar, Carl. Precisa ficar na estufa.

-Eu sei, Anna. Mas eu quero ver isso agora.

Coloco no microscópio e para meu espanto, no momento que meus olhos vislumbram pelas oculares eu dou um salto para trás!

-Esporos querida. Esporos!

Anna olha rápido pela ocular e me abraça sorridente.

-Você tem razão. São esporos de bactérias. Encontramos.

Encontramos.

Palmer, Won e John em segundos estavam no laboratório. Todos olhavam pelo microscópio, mesmo não entendendo exatamente o que aquelas imagens indicavam. Palmer informa as novidades:

-Houston, ninho da Phoenix. Nova amostra apresenta esporos de bactérias. Encontramos vida em Marte. Repito: encontramos vida em

Marte.

-Espere Palmer. -eu o interrompo. -Isso só indica que houve vida em Marte no passado. Não temos certeza quanto tempo estes esporos estão nesta forma. Nem sabemos se são viáveis.

-É isso mesmo, -Anna completa-me. -Este é o primeiro passo. Temos que verificar a idade destes esporos. E teremos que tentar acordá-los.

Won tenta acompanhar o raciocínio:

-Aqui no manual, diz: "Os esporos são antigas células que não encontrando condições de vida, murchou em um pequeno núcleo com uma camada impermeável. Isso protege os genes da célula até que possa reencontrar condições favoráveis".

-É isso, Won. -Eu respondo. Ele continua.

-Quanto tempo os esporos sobrevivem?

-Não sabemos. Eu e Anna acreditamos que as condições desfavoráveis aqui de Marte, estão assim a milhares de anos. Os estudos da primeira nave Phoenix e dos rovers Opportunity e Spirit também indicam o mesmo. Não sei se podemos ressuscitá-los.

-Carl. Você está aqui por causa disso. É sua especialidade não é?

Palmer diz em forma de desafio enquanto dá uns tapinhas em minhas costas. Eu respondo com um sorriso amarelo sem confiança.

Preparo várias imagens dos esporos e uso meu terminal para enviar para Terra.

Provamos que a viagem não foi em vão. Provamos que já existiu vida em Marte. Não sabemos sobre vida no momento, mas já existiu.

Meu trabalho agora é tentar acordar estas células. Tornar as bactérias vivas novamente. Este tipo de atividade é que me fez estar aqui nesta nave neste instante. Trabalhei durante anos e descobri diversas maneiras de acordar os esporos. Meu desafio é usas estas técnicas com estes esporos mortos a milhares de anos.

Muitos de meus pares cientistas que trabalharam com esporos acreditavam que poucos anos eram suficientes para danificar os genes e inviabilizar o ressurgimento de um esporo. Porém meus estudos mostraram que a destruição dos genes não era total. Alguns poucos esporos conseguiam manter todos os genes intactos. A dificuldade era selecionar os melhores esporos.

Desenvolvi algumas novas técnicas e aperfeiçoei outras para obter melhores resultados. Minhas experiências permitiram reviver bactérias presentes em múmias egípcias de mais de cinco mil anos. Lembrando o filme Jurassic Park fui atrás de âmbar e obtive alguns esporos avaliados em milhões de anos de idade. Consegui revivê-los, o que me rendeu um artigo de capa na regista Nature.

Agora tenho diante de mim o maior desafio de tinha carreira.

-Carl. -Anna me tira de meus sonhos. -Vamos fazer uma datação. Saber qual a idade destes esporos seria muito interessante.

-Está certo Anna. Vou usar o método comum com as placas de petri para ativar os esporos. Chame o Won. Ele faz a datação.

Além das amostras enriquecendo nos tubos de ensaio, montei a placa de petri com as amostras que vimos no microscópio e deixei na estufa.

Aproveitamos para discutir durante algumas horas que outros métodos poderíamos utilizar.

No dia seguinte o resultado foi negativo. Tanto as placas de petri, quanto os tubos de ensaio não apresentavam nenhuma bactéria. Os esporos estavam mortos.

-Nada de bactérias. Este método não funcionou. - Anna responde-me.

-Os esporos tem milhões de anos. A datação de carbono foi possível. - Won responde a próxima pergunta em minha cabeça.

-Certo. Deixe-me pensar. -E comecei a calcular quais seriam os meus próximos passos. -Anna, monte as placas de petri para as amostras do tubo de ensaio. Eu vou começar com os métodos mais avançados. Won, você deve organizar com John uma caminhada lá fora. Vamos ter que ir mais fundo no terreno.

-Tudo bem. Vamos usar as máquinas para furar o terreno e o gelo para as camadas inferiores? Quantos metros de profundidade?

-O mais fundo que puder. Mas quero amostras de cada camada. Da mais rasa à mais profunda.

Embora estivesse animado naquele momento, o dia terminou de forma decepcionante.

Os dias seguintes não foram melhores.

Uma montanha-russa de sentimentos me assombrou nos três primeiros meses em Marte. Encontramos centenas de amostras de esporos.

Descobrimos que a vida em Marte foi farta até milhões de anos no passado e esteve presente em toda aquela região onde pousamos. Porém os esporos estavam perdidos. Nenhum era viável.

As análises mostraram que a vida pareceu ter sumido de repente. As datações indicaram que dez milhões de anos atrás toda a vida bacteriana ou morreu, ou se transformou em esporos. Isso, provavelmente devido a uma falta de recursos. Falta de água líquida talvez.

John e Won receberam de Houston a nova tarefa de realizar um longo estudo geológico. O objetivo era analisar o que poderia ter ocorrido com as bactérias. As hipóteses mais prováveis, eram um meteorito que provocou mudanças climáticas, ou atividades de vulcões.

Por minha vez tentei todas as formas possíveis de reanimação de esporos que já utilizei antes da viagem. Experimentei formas novas.

Cientistas do mundo inteiro enviaram-me sugestões, porém nenhuma foi efetiva.

Além de me decepcionar dia a dia com os esporos, minha saúde também não ajuda em nada. Embora a produção de glóbulos vermelhos ter estabilizado, não está sendo suficiente para recuperar os glóbulos que perdi durante a viagem para Marte.

A alegria de Anna foi embora. Suas ideias não dão resultado. Por mais que tente encontrar uma maneira de lidar com a tristeza, ela não se sai bem.

Um grande desânimo tomou conta da equipe.

25 PODE PIORAR?

Figura 25: Astronauta Charles Duke recolhe amostras na superfície da Lua. Apolo 16 (1972) . Crédito: Nasa/JPL

O tempo corre rápido para mim e Anna. Por mais que nos esforcemos os esporos não são realmente viáveis. Com a contagem regressiva para o retorno, vemos, mais e mais, nossas chances escaparem entre nossos dedos.

Para os outros tripulantes o tempo é longo. Os estudos geológicos são penosos.

Após o primeiro mês, nossos três companheiros já não escondiam a vontade de retornar a Terra.

Teremos que aguardar o realinhamento da Terra e Marte. Não economizo em horas extras para tentar encontrar um esporo viável em Marte. A tarefa parece impossível.

Falta menos de um mês para partirmos de Marte. John, Won e Palmer começam a se ocupar com os preparativos para a partida.

Eu e Anna continuamos com todas as forças tentando obter amostras viáveis de esporos. Porém, minhas energias foram embora. Não sei se foi o desânimo ou minha anemia. Não tenho vontade de mais nada.

Depois de meses neste laboratório manipulando milhares de amostras, minha conclusão é que a vida em Marte acabou-se mesmo a dez milhões de anos.

Na encubadora uma porção de poeira está diante de mim. Anna foi atender um chamado de Palmer. Sozinho em nosso laboratório penso se poderei sobreviver à viagem de volta.

Como seremos recebidos na Terra? Como heróis, ou como fracassados? As notícias que recebemos mostra que a opinião pública está dividida. Questionam se o investimento multibilionário valeu a pena. O escândalo de Encélado não ajudou muito.

Uma luz no meu terminal e um sinal sonoro avisa-me de uma nova mensagem. Abro o terminal e identifico o remetente: Peter Martin.

"Caro amigo,

É com pesar que soube de sua saúde. Espero que possa se recuperar a tempo da viagem de volta. E espero que possamos nos ver pessoalmente em seu retorno a Houston.

Mas não é para pesares que eu estou lhe enviando esta pequena missiva.

Meu objetivo é parabenizar-te.

Seu trabalho em Marte está muito além do que os cientistas aqui na Terra julgavam possível diante de suas limitações materiais. Você tem feito um trabalho excelente.

Estamos orgulhosos de seus esforços.

Sua descoberta de esporos em Marte já é considerada a maior descoberta do século. Seu nome já entrou para a história.

Esta carta é para lhe fazer um pedido.

Cuide de sua saúde, amigo. Esqueça das bactérias. Anna informou-me que você tem sido relapso com os exercícios físicos. Você não pode fazer isso amigo. Não pode.

Esta mulher lhe ama. E quer você vivo de volta à Terra. Não desista de você. Não desista de vocês.

Espero que nossa amizade seja grande o suficiente para não considerar esta carta uma intromissão.

Aguardo notícias suas.

De seu amigo,

Peter Martin "

Ele tem razão. Agora mais que nunca eu tenho que lutar para voltar com saúde. Preciso reverter isso.

Tenho que falar com Anna.

Quando me levanto ouço um barulho estranho vindo do túnel. Depois um pequeno chiado. Que vai aumentando drasticamente.

-Carl. Problemas no túnel Sul. Descompressão. -Palmer grita da ponte de controle.

Em instantes um verdadeiro tufão toma conta da minha barraca. As cadeiras caem no chão. Os papéis saem voando. Sinto-me puxado em direção a escotilha de entrada da barraca.

-Travar escotilhas. -ouço Palmer gritando distante.

Perco meu equilíbrio. Tento me agarrar em algo. Caio da cadeira e no instante que atinjo o chão percebo que segurei a minha encubadora. Em um segundo a caixa de vidro vai ao chão.

Estilhaços de vidro explodem perto de meu rosto. Com a respiração ofegante percebo um cheiro familiar. Cheiro de chuva. Sim. É cheiro de chuva.

Palmer consegue travar a escotilha da barraca. Aquele papéis girando em todas direções começam a baixar.

Eu levanto-me e vejo o laboratório de pernas para o ar. Sinto meu rosto latejando. Levo minhas mãos e um corte escorre sangue na maça do rosto, bem abaixo dos olhos. A dor da batida no chão deixa-me tonto.

Espirro e sinto a poeira nas narinas.

Pego o terminal e tento contatar meus amigos.

-Palmer. Estou bem. Acho que estou bem.

-Carl. Aqui é Palmer.

Sua imagem aparece no meu terminal. Ele está lívido. Atrás dele vejo Anna desesperada.

-Carl. Está bem? Você está bem? Vejo um corte em seu rosto.

-Estou bem, Palmer. Foi só um corte pequeno quando caí. Pior está o laboratório. Está tudo revirado. E temos um problema. A minha encubadora quebrou.

-Como assim, quebrou? -Anna pergunta do outro lado.

-Caiu no chão e o vidro quebrou-se. Não imagino como vamos fazer para descontaminar tudo aqui. Descontaminar-me inclusive. A poeira de Marte subiu para todos os lados. Mas não se preocupem. Os esporos são inviáveis não é?

-Você tocou a poeira? -Anna questionou.

-Eu inspirei a poeira, querida. Senti o cheiro de chuva. Aquele cheiro característico quando a chuva cai e levanta os esporos do chão diretamente para nossos pulmões. Você sabia que cheiro de chuva é, na verdade, de esporos?

-Sabia sim, seu maluco. -Anna não consegue ter o mesmo bom humor que eu.

Palmer avisa o que faremos:

-Aguardaremos o que Houston nos mandará fazer. Eu realmente não sei. Por enquanto você fica aí isolado Carl. Afinal, você já disse que está contaminado pelos esporos. Acredito que teremos uma quarentena aqui. Vou preparar um relatório para Houston. Carl, vai cuidar desta ferida. Os outros tentem descobrir o que aconteceu com o túnel.

-Nem precisam, eu já sei Palmer. -Won responde. -Veja seu terminal.

Houston acaba de enviar uma mensagem de emergência.

-Uma chuva de meteoros. Hoje e amanhã. Estamos passando pela rota de um cometa. -Palmer lê incrédulo.

-Mas analisaram a rota de todos os cometas antes da missão. Nenhum chuveiro estava previsto. -Anna discute.

-Sim, analisaram. Porém este é um novo cometa. É sua primeira passagem em direção ao Sol. Sabem o nome do cometa? -Won diz com um tom irônico. E olhando para Anna diz calmamente:

-Ivanova. É o cometa Ivanova. Aquele que você descobriu Anna.

-Cruzamos a rota deste cometa e um dos detritos dele em forma de meteoro deve ter acertado o túnel. -Diz Anna.

-Neste caso foi um meteorito. Quanto atinge o chão é chamado meteorito. -John a corrige.

-Vá a merda. -Anna perde a compostura.

-Parem com isso. -Palmer tenta controlar a situação. -Vamos aguardar o que diz Houston. Logo saberemos o que fazer. Vamos pensar em uma maneira de tirar Carl de lá.

-Não podemos. Pelo protocolo, se ele está contaminado, não podemos nos juntar a ele. Este é um dos motivos para este acampamento poder ficar isolado em quatro partes. -Won pondera.

Eu tento mudar o assunto:

-Eu estou bem aqui. Por enquanto. Nós temos um mês para pensar em uma maneira de eu ir com vocês na nave Phoenix, sem contaminá-los. Não tem um traje espacial pronto aqui para as emergências? Eu poderia ir até aí e entrar pela escotilha principal, que dá para a câmara de descompressão.

-Sim. Você poderia entrar. Mas depois não poderia tirar mais o traje. - Won corrigi-me.

-E se eu deixasse para ir somente na véspera do lançamento? Eu permaneceria na câmara de isolamento. E a quando acoplássemos com a Marte 13 eu ficaria em um compartimento e vocês no outro. Acho que assim completaria a quarentena. Acho que é viável.

-Por enquanto, este será nosso plano. -Palmer completa o assunto. -Se alguém tiver alguma sugestão melhor a gente volta a discutir. Boa sorte, Carl. Vá descansar.

Vou procurar a caixa de primeiros socorros. Faço um curativo no machucado. Além da dor no rosto uma dor forte nas costas me incomoda.

Parece que bati forte no chão.

O cansaço toma conta de mim e vou dormir. Não demoro a pegar no sono. Um sono cheio de pesadelos.

26 ARRUMANDO A BAGUNÇA

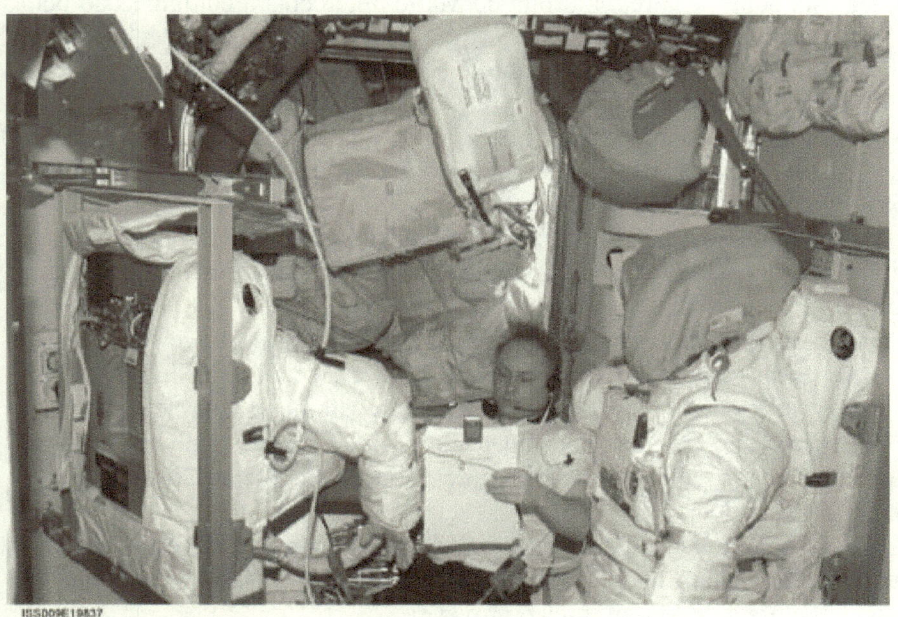

Figura 26: Astronauta Edward M. (Mike) Fincke na Estação Espacial Internacional. (2004) Créditos: NASA Human Spaceflight Collection

Acordo com uma dor nas costas e em meu rosto. Tento me levantar e observar a bagunça.

Meu laboratório, onde passei os últimos três meses lutando para conseguir uma bactéria viva está destruído. A bagunça é pior do que eu imaginei a princípio.

Virada no chão está a mesa onde eu e Anna já discutimos muitas vezes procurando novos métodos de cultura dos esporos.

Lamentamos tanto não termos trazido nenhuma cobaia. Minha última tentativa seria contaminar um pequeno roedor com os esporos. Parece cruel, mas os cientistas na Terra fizeram simulações e esta parecia uma solução.

Mas não tenho mais que me preocupar com isso. A missão acabou.

Está tudo destruído.

Coloco a mesa no lugar. Vou tentar dar uma arrumada por aqui. Pelo rádio vou avisar que já acordei.

-Alguém acordado na ponte de controle?

-Carl, aqui é Claire. Estava ouvindo sobre o bagunça que fez por aí. Você está bem? -Claire, na órbita de Marte, intercepta a comunicação pelo rádio de sua nave.

-Estou bem. Só um pouco cansado. E com uma dor nas costas.

Outra voz surge no rádio:

-Carl. Aqui é John. Você está bem?

-Parece que esta vai ser a pergunta do dia. -Claire brinca. -Deixe ele em paz, está ótimo. Novo em folha.

-Carl, o pessoal de Houston está trabalhando muito para que possamos tirar você daí. -John continua. -Você viu que horas são? Dormiu demais, amigo.

Vejo que passei a manhã toda dormindo. Meu cansaço deve ser por isso.

-Só estou com sono. Minha anemia deve estar atacando de novo. Mas deixe estar. Prometo que quando sair daqui eu retomo os exercícios.

-Espero que retorne mesmo. Sua massa óssea também está se comprometendo com esta sua preguiça. Você tem pretensão de voltar a andar na Terra?

-Pare com tolices, John. Eu nem sei se volto a ver a Terra de perto novamente. Quanto mais caminhar. Imagine eu caminhando nas areias de uma linda praia de Miami, pouco provável.

-Você que deixe de falar asneiras. Estará andando pelas praias que quiser em apenas oito meses. E quem sabe de mãos dadas com sua linda companheira.

Uma dor no peito mais forte quase me fez gemer. Será que quebrei alguma costela?

-John. Acho que quebrei alguma costela. A dor nas costas está insuportável.

-Carl. Aqui é Anna. Você quebrou uma costela? Você está bem, querido?

-Estou bem. Só uma dor nas costas. Devo ter quebrado sim.

-Acho que Houston vai pedir uma quarentena. Vai conseguir passar os próximos quarenta dias longe de mim?

-Que nada, Anna. Amanhã estaremos juntos de novo. Você vai ver que isso é uma bobagem. Agora me deixe trabalhar um pouco quero começar já a arrumar esta bagunça.

-Não vá se esforçar demais. Se for uma costela quebrada vai doer um bocado.

-Pode deixar.

Palmer deve estar descansando. Depois de seu plantão a noite toda discutindo com Houston sobre como sairíamos desta situação, ele merece o descanso.

Será que consigo colocar a encubadora no lugar?

Em um esforço a encubadora encaixa-se de volta a seu canto. O vidro frontal e superior quebraram-se totalmente. O microscópio parece inteiro.

Ainda está ligado. As lâminas estão todas em seus lugares. Encaixados em prateleiras. Ao lado ainda tem algumas lâminas prontas para serem usadas.

Uma delas foi para o chão.

Ainda bem que a outra encubadora está inteira. Assim posso continuar cultivando os esporos.

Mas esta dor nas costas.

Tenho que esquecer isso. Peter tem razão. Devo me concentrar na minha saúde. E em Anna. Preciso seguir em frente. E vou fazer isso agora.

Aciono o rádio novamente:

-Anna, você está aí?

-Aqui é Won. Vou chamá-la.

-Espere. Quero lhe perguntar algo antes. Para visitar o Brasil é preciso um visto de entrada?

-Não sei não. Mas é preciso uma vacina para malária.

-Nada disso, Won. Você sabe menos que eu. No Rio de Janeiro, onde quero ir, não precisa não.

-Posso falar com o Cláudio. Ele tem uma filha que visitou o Brasil. Mas me diga, o que quer no Rio, amigo?

-Pretendo fazer uma surpresa para Anna. No Corcovado.

-Você está pensando em repetir aquele pedido do avô de Anna?

-Ela te contou esta história? - pergunto surpreso – Não vá contar a ela e estragar a surpresa. Agora chame ela no rádio.

-Pode deixar, eu a chamarei. E meus parabéns, ela vai ficar muito feliz.

Espero alguns segundos e ouço a voz inconfundível pelo rádio:

-Olá amor. Algum problema?

-Nenhum problema, Anna. Eu estou lhe chamando por que preciso lhe perguntar algo.

-O que foi?

-Queria saber se quando estivermos na Terra, quando tivermos completado esta missão. .

-Diga o que é?

-Eu quero saber se seria muita pretensão minha eu lhe pedir em casamento? Não que eu lhe esteja pedindo agora. Não é a melhor oportunidade para fazer isso. Mas será algo que penso em fazer logo que estivermos na Terra.

Um silêncio me diz que eu a surpreendi. Dura vários segundos.

-Não, querido, você não seria pretensioso. E digo mais, provavelmente minha resposta seria sim. Mas eu concordo contigo que não é o melhor momento.

-Como eu suspeitei. Era só isso amor, agora vou tentar descansar. Está difícil encontrar uma posição em que estas costas não doam.

-Está certo, querido.

-Alias, eu te amo demais.

-Também te amo.

Desligamos o rádio.

Tento me apoiar em um canto da sala. Deixo a dor e o cansaço tomar conta de meu corpo. E em pouco tempo uma vertigem traz um sono cheio de pesadelos estranhos.

27 ENCONTRANDO VIDA E MORTE

Figura 27: Astronauta Alan L. Bean descendo na superfície da Lua. Apollo 12 (1969) Crédito: NASA Great Images in Nasa Collection

Acordo com uma forte dor no peito. Sinto a respiração difícil. Meu nariz está congestionado. Minha garganta seca. Droga, acho que peguei um resfriado.

-Palmer, aqui é o Carl. Não tem nenhum remédio de resfriado aqui na nave? -Ele não responde. Vejo as horas e ainda é madrugada. Quem estaria em plantão hoje? Vejo a escala: Won.

-Won, aqui é o Carl. Você está aí? -Minha voz sai rouca.

-Na escuta, Carl. Não está conseguindo dormir? Algum problema?

-Acho que peguei uma gripe, Won. Estou com todos os sintomas. Até aquela sensação de febre. Tem algum remédio para gripe aqui? Estou procurando no estojo de primeiro socorro e não tem nada!

Ele faz uma pausa enorme. Será que o rádio está com problema?

-Won, você está aí?

-Estou Carl. Só estou pensando.

-Pensando em que? Tem ou não remédios. Você é o responsável pelo inventário. -Digo irritado.

-Não tem remédios para gripe amigo. Simplesmente porque a nave foi esterilizada. Nenhum vírus da gripe iria sobreviver. Nenhum de nós poderia ficar gripado. Sem vírus, sem gripe.

No instante seguinte a verdade caiu em minha cabeça como um choque. Não era o vírus Influenza que estava causando uma simples gripe em mim.

-Won. Eles estão vivos, Won.

-Eles quem, Carl? De quem está falando?

-Os esporos, Won. Os esporos se desenvolveram em meu pulmão. No meu sangue. As bactérias de Marte estão vivas em meu sangue! Eu consegui!

Minha cabeça estava eufórica. Eu encontrei vida em Marte!

Mas, como obter uma amostra agora? Já estariam em minha corrente sanguínea. Provavelmente sim. A febre. Indicava que estavam atacando minhas células. E meu sistema imunológico tentava reagir.

Procuro uma seringa na caixa de primeiro socorros. Retiro um pouco de sangue. Olho a bagunça ao meu redor.

-Carl. Você está bem? Onde você está? -Won fica impaciente.

-Estou bem. Deixe-me tentar uma coisa aqui. Já falo contigo.

Levo à mesa da encubadora quebrada. Preparo uma lâmina com meu sangue e coloco no microscópio.

-Won acompanhe aí a câmera do microscópio. Este é meu sangue.

A imagem é clara. Alguns glóbulos vermelhos movimentam-se de um lado para o outro. Poucos deles. Já tinha visto meu sangue antes. A diferença é imperceptível. Nenhum sinal do invasor.

-Não vejo nada de anormal, Carl. O que quer me mostrar?

Penso um pouco. Pego outra lâmina. Dou uma escarrada. Levo de novo ao microscópio. Desta vez o que vejo me leva ao júbilo, e Won não entende nada:

-Carl. O que é isso? São bactérias? Estas grandes e agitadas. Isso é normal?

Bactérias em forma de charuto tomam conta da imagem. Movimentam-se e devoram tudo o que encontram pela frente. E reproduzem-se em uma velocidade alucinante. As bactérias de Marte. Estão vivas. Bem diante de nossos olhos.

Minha mente trabalha rápido. Fico imaginando os desdobramentos.

Tenho que escrever um artigo. Rápido. Preciso avisar a Anna, ela vai ficar muito feliz. Nossa viagem foi um sucesso!

Espere.

Estou condenado.

-Won. Estou condenado.

-O que está dizendo? Como conseguiu reviver as bactérias?

-Eu as aspirei em meus pulmões. Elas conseguiram condições favoráveis e se desenvolveram em meu aparelho respiratório. Elas estão se reproduzindo. Logo vão acabar comigo!

-Calma, Carl. Vamos pensar em algo. Temos penicilina aqui. Está aqui. Você vai ficar bom, amigo. Calma.

-Acha que penicilina vai dar conta destas coisinhas? Won?

Ouço alguém mais conversando com Won. Parece que alguém acordou com nossa conversa.

-Carl, amor. Aqui é a Anna. Fique tranquilo. Eu vou levar a penicilina até aí. Você vai ficar bom.

-Não venha até aqui Anna. Não quero que se arrisque. Esqueça, não tem o que fazer.

-Claro que tem. E você não vai me impedir.

Em alguns minutos todos se reúnem na ponte de controle da Phoenix.

Anna antes mesmo que possam impedi-la começa a se preparar para sair da nave. Palmer não vê outra solução e permite que ela vá até mim.

Ela deixa a nave Phoenix pela escotilha principal. Desce a mesma escada que Palmer usou para os primeiros passos em Marte. Contorna a nave até o túnel que vazou.

Won a observa utilizando as câmeras externas. Ele aciona o comando que destrava o túnel danificado da barraca do laboratório.

-Carl, você terá que colocar o traje espacial agora. Vamos ter que descomprimir a sua barraca, para que Anna possa entrar. Depois nós vamos inflá-la novamente.

-Certo, Palmer. Eu já vou me aprontar.

Apesar da dor, coloco a roupa rapidamente. E logo que eu fecho o capacete e aviso Palmer, o teto do laboratório começa a descer. Eu fico sentado em baixo de uma mesa e vejo a barraca desinflando rapidamente.

Depois de alguns minutos, Palmer me fala pelo rádio do traje:

-Carl. Vamos abrir agora a escotilha. Em poucos minutos Anna estará aí.

-Estou pronto, Palmer. -Anna responde pelo rádio.

Vejo a escotilha abrindo e, em um traje igual ao meu, Anna entra no laboratório com uma caixa metálica na mão esquerda. Ela permanece perto da entrada e aciona um comando que fecha a entrada atrás de si.

-Pode inflar Palmer. Estou dentro. -Ela fala no rádio.

-Que bom que está aqui Anna. -Digo em meio a uma tosse e outra.

-Está piorando Carl. O traje capta seus sinais vitais. Sua febre está altíssima.

-Não consigo respirar direito. E estou cansado. Com frio.

O laboratório começa a inflar. Ela se coloca ao meu lado me abraçando. Não posso senti-la devido aos trajes. Porém sua presença ali a meu lado é reconfortante.

Meu estado piora muito rápido. A tosse fica incontrolável. Meu nariz começa a sangrar. O sono aumenta. O cansaço. Sinto minha energia se esvaindo.

-Vai ficar bem meu amor. Vai ficar bem. - Anna insiste.

Leva quase uma hora para reencher a barraca. Depois que fica pressurizada finalmente posso retirar parte do traje para receber o medicamento. Ela solta minha luva e depois o braço e antebraço do traje.

Anna permanece isolada com o traje para não correr o risco de contaminação. Eu abro a caixa e procuro a ampola. Ali está.

Pego a seringa e antes que pergunte Won responde minha dúvida:

-Dez unidades. Carl. É a dose que Houston pediu que tomasse.

Aplico a penicilina e me encosto em Anna. Ela está sentada no chão e eu me sento estre suas pernas. A respiração está difícil e procuro não falar.

Ela faz o mesmo.

-Tente descansar, meu amor.

A dor no peito é insuportável.

-Eu tenho que lhe dizer querida. -Tento falar entre as tossidas.

-Não se canse querido, por favor.

-Se for preciso, quero que use meu corpo para os estudos das bactérias, amor. Eu sei que não vou sair dessa.

-Não fale. Pare agora. Descanse.

-Prometa que vai fazer isso. É importante.

Ela para por alguns segundos, e entre soluços finalmente responde ao meu pedido:

-Eu prometo.

-Eu te amo, minha camarada. .

Sinto uma forte dor no peito.

Uma tontura e vertigem me deixa confuso. Sinto minha visão escurecer.

Tento respirar novamente.
Um silêncio e escuridão sem fim me circunda no instante seguinte.
Silêncio e escuridão.

28 SEGUINDO O DESTINO

Figura 28: Astronauta Kathryn D. Sul ivan usa um binóculo observando pela janela da cabine do Ônibus Espacial. Crédito: NASA Great Images in Nasa Collection

Ele parece adormecer em meus braços. Olho para meu terminal que apita sem parar. Aquele apito intermitente que indica problemas graves.

Eu sei o que significa. Eu não precisava de um monitor cardíaco para perceber o que aconteceu. Meu coração dilacerado me diz. Meu amor está ali, em meus braços. Mas está morto.

-Anna, aqui é Won. Responda.

Eu ouço Won me chamando. Mas não quero falar com ninguém agora. Não quero.

-Anna, fale conosco Anna. Aqui é Palmer. Você está bem. Ele se foi? Precisa nos responder. Acalme-se e responda. Por favor.

Eu não estou nervosa. Estou sangrando por dentro. Nenhuma dor se compara com isso que sinto.

-Palmer. Deixe-me em paz. Estou bem. Só preciso de alguns minutos. - Desligo o rádio.

O que farei agora?

Minha mente está confusa. Meus sonhos de futuro ao retornar à Terra se perderam.

Tenho que me concentrar. Ligo novamente o rádio.

-Palmer, está me ouvindo?

-Sim, Anna, pode falar.

-Tem algum saco preto aqui no laboratório?

-Um dos sacos para recolher os corpos? Ele realmente está morto? Os sensores estão corretos?

-Palmer, não seja estúpido. Não houve tempo para o remédio agir. Provavelmente a condição de saúde deteriorada em que ele estava contribuiu para velocidade da infecção. Onde estão os sacos pretos?

-Sinto muito, Anna.

-Onde estão os sacos, Palmer? Preciso voltar aí. Nosso problema com o isolamento está solucionado. Carl dentro do saco preto poderá vir comigo na câmera de descontaminação. Ali, a parte externa do saco será desinfectada. Como o saco é perfeitamente lacrado, ele poderá ficar fora do isolamento.

Não acredito no quanto posso ser pragmática neste momento. Mas, eu tenho que sair daqui. Meu traje não tem muita autonomia.

-Procure nas caixas fechadas ao lado das incubadoras. Tem dois destes sacos ali.

Fácil de encontrar. Difícil é colocar Carl dentro. Retirar o restante do traje espacial. Peça por peça.

Retiro o capacete e vejo o rosto de meu amado. Desfigurado pela dor.

Ver seus olhos. Os olhos abertos. Pela última vez. Fecho os olhos dele.

Em um grande esforço coloco seu corpo inerte dentro no saco.

-Já lacrei, Palmer. Acionar a descompressão. Não tenho muito tempo para voltar.

-Anna, aqui é Won. Acionando a descompressão.

Arrasto Carl e sento-me próximo a escotilha da barraca. A cúpula do laboratório começa a descer. Em poucos minutos, está solta sobre os móveis.

-Anna, cuidado com a escotilha, vou abri-la agora.

Um pequeno solavanco e a escotilha abre. Vou saindo e puxando o saco pela superfície de Marte.

Como irei carregá-lo pela escadaria?

Olho novamente a paisagem marciana. É noite e está muito frio lá fora.

Ao longe alguns poucos morros. Tirando o tom avermelhado, a paisagem lembra-me muito os desertos do oeste americano.

Os últimos dez anos de minha vida foram em função deste momento.

Estar aqui em Marte e obter amostras de bactérias vivas. Provar que há vida em Marte. E depois deste tempo todo, carrego neste saco preto a prova que eu buscava. E nem consigo comemorar.

O que eu não procurava no processo, eu encontrei. Um novo amor.

E isso perdi.

-Palmer, estou na base da escada. Pode abrir a escotilha por favor?

-Pronto, está aberta Anna. Use as cordas que deixei próximo à porta.

Tente improvisar uma roldana.

Won. Ele sempre pensa antes em tudo. Acho que é a pessoa mais sagaz que já conheci.

-Certo, Won. Está aqui. Acho que vai dar certo.

O peso é muito menor do que eu esperava. A gravidade de Marte ajuda.

-Pronto. Estamos aqui no isolamento. Pode fechar tudo. Deixe-me quieta aqui. Estou exausta e vou aproveitar o tempo de isolamento para dormir.

-Vou acionar o processo de descontaminação. Em dez minutos você poderá dormir. Descanse minha amiga. Estarei aqui se precisar conversar.

-Obrigado, Won. Até mais tarde.

Fecho os olhos e tento dormir. Mas minha mente não está em descanso. Minha mente vai continuar funcionando a mil nos próximos dias.

29 DE VOLTA À TERRA

Figura 29: Cápsula Apollo 15 com os paraquedas abertos durante o seu pouso. (1971) Crédito: NASA Great Images in Nasa Collection

O fim da missão em Marte foi tranquila. Voltamos à órbita de Marte sem nenhum incidente. O reencontro com Claire foi emocionante.

Depois de checar tudo deixamos a órbita de Marte em direção a nossa casa. E a viagem de seis meses seguiu com muito tédio e para mim muita tristeza. O tempo de viagem foi importante para meu luto. Mas agora é hora de terminarmos esta viagem.

A nave entrou em órbita da Terra a algumas horas. Estamos todos ansiosos pela janela de pouso.

Won passou os últimos dias muito doente. Na última fase do voo ele foi acometido do mesmo problema que Carl apresentou no início da viagem. Seus glóbulos vermelhos diminuíram e na última semana ele começou a apresentar problemas respiratórios.

Felizmente estamos no último dia da missão. Nos últimos minutos, aliás. A janela de pouso está bem diante de nós. John acionará os retrofoguetes da Orion em alguns minutos.

-Orion, Houston. Preparem-se para acionar os retrofoguetes. Contagem regressiva em um minuto.

Palmer vai cuspir as ordens:

-Anna, mantenha os olhos na temperatura do escudo térmico. Claire, sistema de ignição. Won, tire algumas fotos. John, atento a contagem.

-Sistema de ignição pronto para acionamento. Motores em trinta segundos. -Claire foi uma ótima amiga, na viagem de retorno. Conversamos muito.

-Acionando retrofoguetes, em cinco segundos. Quatro, três, dois, um. Ignição. -John faz a última contagem regressiva.

-Orion, Houston. Motores acionados, iniciando procedimento de reentrada.

A cápsula começa a cair.

A velocidade vai diminuindo, porém a sensação é contrária. O atrito no escudo térmico com a atmosfera provoca um arrasto de luz que fica visível por uma pequena janela. A pressão da desaceleração faz cada vez mais força sobre meu corpo. Por segundos sinto como se meu corpo fosse se esmagar.

E tão rápido como começou, depois de poucos minutos a nave já está quase em seu destino.

-Orion, Houston. Acionamento dos paraquedas.

-Paraquedas checado. -Diz Palmer.

Sinto o tranco do paraquedas abrindo. Em poucos segundos tudo estará terminado.

-Preparem-se para o impacto. -Palmer avisa.

Alguns segundos aumentam a expectativa. Espero com calma.

Por fim, um pequeno baque e a cápsula fica em silêncio.

-Houston, Orion. Pouso perfeito. Estamos no chão. Acionar

posicionamento. Acionar resgate.

Comemoramos muito o sucesso do pouso. Eu estou feliz. Finalmente terminamos nossa missão. Estivemos em Marte e estamos de volta. Vivos.

E encontramos vida! Sucesso.

Olho para um canto, e um saco preto me faz lembrar que nossa viagem não foi somente sucessos.

Ouço os helicópteros de resgate. Lembro-me que estou finalmente em casa.

Pela pequena janela próximo a mim, um céu azul celeste com pequenas nuvens. Uma imagem que me fez falta.

Um céu azul, como os grandes olhos de Carl.

EPÍLOGO

Figura 30: Estátua de Cristo Redentor, Rio de Janeiro, Brasil. (2007) Crédito: Paul Mannix em flickr: http://www.flickr.com/photos/paulmannix/2199838951 (CC atribuição 2.0)

Sob um calor tropical eu subo os degraus um a um sem pressa ou agitação. O céu azul de brigadeiro torna o dia fabuloso.

Os degraus são de pedra. Vejo algumas barracas antes dos últimos lances da escada.

As pessoas ao redor são de todos os tipos. Brancos, negros, asiáticos.

Muitos com câmeras fotográficas em mãos.

As conversas são em inglês, espanhol, japonês. Mas a maioria delas em uma língua com um timbre próprio. O Português falado aqui é tão específico, que meu pouco conhecimento do Português falado em Portugal não é de muita valia.

Uma bandeira verde e amarela e um círculo com um céu azul estrelado que vejo em muitos locais mostra que este Brasil é um país um tanto patriótico.

Won ao meu lado está fascinado com a beleza da paisagem. Eu continuo subindo o que me parece o último lance de escada.

O último lance da escadaria.

A minha frente com os braços abertos, mas com as costas para mim, eu vejo a estátua do Cristo Redentor pela primeira vez após começar a subir o morro do Corcovado.

Uma emoção enorme toma conta de meu coração.

Contorno a estátua e me vejo frente a frente com ela. Quase derrubo a pequena peça de cerâmica que levo em minhas mãos. Won me apoia.

-Está pronta, Anna? É isso mesmo que quer fazer?

-Sim, Won. Vamos.

Caminhamos até a borda do precipício. Ao meu redor a vista mais impressionante que já tive. O mar, o morro do Pão de Açúcar, a Lagoa Rodrigo de Freitas, o jóquei clube. A beleza da natureza aqui da Terra, não se compara com Marte. Com certeza a visão que tenho é mais bonita.

Olho para trás como que pedindo a bênção do Cristo. Abro a tampa do recipiente e deixo o pó escuro ser levado pelo forte vento que o espalha sobre a floresta abaixo.

Mantenho um grande sorriso e meu coração está calmo e entregue.

Estou pronta para seguir agora. Seguir meu destino.

-Vamos embora, Won. Tenho muito trabalho a fazer com as bactérias marcianas. Obrigado por me acompanhar nesta viagem.

-É o mínimo que poderia fazer por nosso amigo.

-Meu avô estava certo. Este é o lugar mais belo que já vi. Tanto na Terra, como em Marte. Os restos mortais de meu amor merecem estar aqui.

-Eu tenho que concordar, Anna.

Olho para a beleza da vista e não consigo deixar de dizer adeus:

"Eu sei que você gostaria de culminar nosso amor em um pedido de casamento neste local. Este meu gesto é o máximo que posso fazer por nós.

Eu te amo Carl Schumann. Obrigado por tudo."

SOBRE O AUTOR

Escritor, Doutor em Ciência da Computação, Analista de TI.

Um apaixonado por Ficção Científica influenciado por Arthur C. Clark e Isaac Asimov e pela ciência de Carl Sagan. Uma escrita rápida e limpa que procura levar o leitor ao interesse pela próxima página.

Acompanhando as missões espaciais desde os primeiros voos dos Ônibus Espaciais, até os atuais desenvolvimentos das naves da SpaceX do visionário Elon Musk.

www.ingramcontent.com/pod-product-compliance
Lightning Source LLC
LaVergne TN
LVHW091047150826
845673LV00002B/493

* 9 7 9 8 8 4 6 5 8 7 1 3 7 *